2084

2084

조남호 지음

목차

프롤로그	금 거래소	006
1	아쿠아 부이	019
2	빅컴퍼니	031
3	폐기물	045
4	비밀	057
5	불렛	071
6	아쿠아 불렛	085
7	친구	097
8	작별	107
9	복수	121
에필로그	다크	139

프롤로그

금 거래소

구름 한 점 없는 파란 하늘에 하얀 초승달 하나가 누군가 남긴 지문처럼 흐릿하게 찍혀 있다.
촘촘히 솟은 빌딩 사이로 보이는 도로에는 자동차와 행인이 드물고, 수십 층 높이의 빌딩들도 쥐 죽은 듯 고요하다.

짙은 빛 유리를 두른 고층 건물의 1층 코너에서 '금 거래소' 네온사인이 깜빡인다.

장갑 수송 차량에서 검은색 전투복을 입은 두 명의 남자가 운전석과 조수석에서 내린다.
조수석에서 내린 수송 요원은 차량 뒤편의 적재함 문을 열고 버튼을 누른다.
적재함 안쪽에 실린 카트가 천천히 앞으로 나와 지상까지 내려온다.
금 거래소의 매니저는 열린 후문을 등지고 수송 요원들을 기다린다.
수송 요원들은 전동 카트를 조종해 매니저 앞으로 온다. 전동 카트 안에는 은빛의 금속 트렁크가 4개 실려 있다.
"보시겠습니까?"
운전석에서 내린 수송 요원이 매니저 앞에서 금속 트렁크 4개의 커버를 차례대로 연다.

매니저는 트렁크 안을 슬쩍 내려다본다.

트렁크 안 가득 골드 바가 차곡차곡 들어있다.

"예, 안쪽으로."

매니저가 후문으로 먼저 들어가고, 수송 요원들이 뒤를 따른다.

수송 요원들은 후문 안쪽의 바닥에 설치된 스캐너 위에 금속 트렁크를 하나 올려놓는다.

스캐너의 액정 모니터에 'Gold, 99.99%, 50kg' 문자가 뜬다.

수송 요원들은 나머지 3개의 트렁크도 순서대로 스캐너에 올린다.

매니저는 수송 요원이 건넨 전자 서류에 서명을 한다.

    금 거래소의 네온사인 아래를 지나는 사람들은 그곳의 존재를 모르는 듯 무심하고, 주위의 기운은 적막하다.

금 거래소의 유리 쇼윈도와 출입문은 짙은 빛으로 외

부의 시선을 차단한다.

도로 건너편 어딘가에서 반사된 햇빛이 금 거래소의 쇼윈도 유리에 부딪힌다.

   남자는 목까지 감싸는 검은색 스웨터에 검은색 비니모자를 쓰고 짙은 선글라스까지 착용하고 있다. 그는 창가의 벽 뒤에 몸을 숨기고 손에 든 망원경으로 길 건너 아래의 금 거래소를 관찰한다.

금 거래소의 후문으로 이어지는 골목에서 금 수송 차량이 나온다.

남자는 금 거래소에서 오른쪽으로 두 블록 떨어진 도로를 향해 망원경을 돌린다.

금 거래소에서 떠난 장갑 수송 차량의 색과 모델이 같은 의문의 장갑 차량이 골목 안쪽에 정차해 있다.

금 거래소 장갑 수송 차량은 골목에서 도로로 내려와 우회전한다.

남자는 망원경으로 상황을 지켜보다 휴대폰을 꺼내

어디론가 메시지를 전송한다.

　골목 안에 숨어 있는 의문의 장갑 차량으로 휴대폰 문자가 들어온다.
차량의 운전자는 휴대폰 문자를 확인하고, 이마에 걸친 검은 복면을 내려 얼굴을 가린다. 그리고 운전석 뒤편을 향해 수신호를 한다.
차량 뒤편의 적재함에 앉아 있는 세 명의 남자들도 이마의 복면을 내려쓴다.
의문의 장갑 차량이 천천히 움직인다.
세 명의 복면 남자들은 소음기를 장착한 각자의 자동소총을 가슴에 붙여 세운다.

　금 거래소의 경비원은 매장의 출입문 가까이에 서 있다.
거래소의 유리 출입문과 유리 쇼윈도의 안쪽에는 5㎝ 굵기의 쇠창살이 20㎝ 간격으로 둘러쳐 있다.

금 거래소의 손님 응대 공간인 매장과 안쪽의 금고와 사무공간 사이에도 쇠창살과 철문이 있다. 거래소의 매니저는 사무공간의 좌측 구석에 있는 책상에 앉아 전자 장부를 정리하고 있다.

매장의 고객용 부스에는 화려한 옷차림의 중년 여성이 남성 직원의 설명을 듣고 있다.

"100g 또는 200g짜리 골드 바가 더 편하지 않겠습니까?"

"아니요. 난 1kg짜리가 좋아요."

"예, 그러시죠. 지금 준비하고 있으니까, 잠시만 기다려 주십시오."

여직원 한 명이 열린 철문을 통해 사무공간으로 들어가고 있다.

금 거래소의 소장은 벽의 금고에서 꺼낸 8개의 1kg 골드 바를 붉은 융단이 깔린 사각 쟁반 위에 조심스럽게 놓는다.

여직원은 8개의 골드 바를 담은 묵직한 쟁반을 두 손

으로 들고 매장으로 나가 여성 손님과 남성 직원이 기다리는 고객용 부스로 향한다.

여성 손님은 직원이 들고 오는 골드 바 쟁반을 보고 눈동자를 빛낸다.

여직원이 테이블 위에 골드 바 쟁반을 조심스럽게 내려놓는다.

"손님, 확인해 보시지요."

남성 직원은 골드 바를 손끝으로 가리킨다.

"만져봐도 되겠죠?"

"당연하죠."

여성 손님은 골드 바 하나를 집어 손바닥으로 무게를 느끼며 미소 짓는다.

"기분 좋은 무게네요."

"언제나 그렇습니다."

남성 직원은 빠르게 계산기를 두드리고, 손님이 잘 볼 수 있도록 계산기를 돌려 앞으로 내민다.

"입금할게요."

"예."
여성 손님은 휴대폰을 들고 자신의 계좌를 연다. 갑자기 뒤에서 들리는 차량의 엔진 소리에 여성 손님과 상담 직원이 출입문 쪽으로 고개를 돌린다.

 짙은 색 장갑 차량이 금 거래소의 출입구와 쇼윈도의 시야를 가리며 후진으로 다가온다.
금 거래소의 경비원은 허리의 권총집에 손을 올리고 밖의 차량을 살핀다.
"뭡니까…?"
금고 옆에 있는 소장이 매니저를 돌아보며 묻는다.
"예, 확인해 보겠습니다."
매니저가 자리에서 일어나 경비원에게 손짓한다.
"아큐."
경비원 아큐는 출입문을 열고 금 거래소의 앞을 막고 정차해 있는 장갑 차량을 내다본다. 시동이 켜진 장갑 차량에서 아무도 내리지 않는다.

"무슨 일입니까?"

경비원 아큐는 운전석으로 다가가 유리창을 가볍게 두드린다.

짙은 색 유리창 때문에 운전석의 내부가 잘 보이지 않는다. 순간 장갑 차량의 뒤편 적재함이 열리는 소리가 들린다.

경비원 아큐는 허리의 권총을 뽑아 들고 차량의 뒤편으로 향한다.

금 거래소 안에서는 소장, 매니저, 남직원, 여직원 모두 바깥의 상황을 지켜보고 있다.

문이 열린 차량 적재함의 내부는 컴컴해 아무것도 보이지 않는다.

매니저가 상황을 정리해야 한다는 책임감에 철문을 열고 매장으로 나온다.

그때, 장갑 차량의 운전석 창유리가 스르르 내려가고 불쑥 총구가 밖으로 나온다.

"어이!"

경비원 아큐는 누군가 뒤에서 부르는 소리에 고개를 돌린다.
복면 쓴 운전자가 경비원 아큐를 향해 여러 발의 총탄을 발사한다.
경비원 아큐는 가슴에 여러 발의 총탄을 맞고 나가떨어진다.

    그와 동시에 차량의 적재함 안에서 총탄이 발사되기 시작된다. 소음기를 장착한 자동소총이 금 거래소의 매장을 향해 쉴 새 없이 불을 뿜는다.
소장은 얼른 뒷걸음쳐 금고 옆 비상벨을 향해 팔을 뻗는다. 그러나 날아온 총탄이 그의 팔과 몸을 뚫고 지나간다.
매장의 남자 직원과 여직원은 그 자리에 서서 눈을 뜬 채 수 발의 총구멍이 난다.
매니저는 안으로 피신하다 총탄을 맞고 쇠창살을 잡고 주저앉는다.

금 거래소의 쇼윈도와 출입문은 박살이 나고, 벽은 온통 총탄으로 벌집이 되고, 바닥은 유리 파편으로 아수라장이 된다.

장갑 차량의 적재함에서 세 명의 복면 괴한들이 뛰어나와 매장 안으로 들어간다.
매장의 여성 손님이 골드 바 위에 흩어진 유리 파편을 털어낸 뒤 가방에 넣으며 괴한들을 향해 날카롭게 소리친다.
"조심해야지. 위험했잖아!"
첫 번째 괴한은 여성을 무시하고 지나쳐 쇠창살 문을 열고 안으로 뛰어든다.
두 번째 괴한도 여성을 쳐다보지도 않고 지나친다.
"차에 가 있어!"
세 번째 괴한이 여성에게 손짓하며 외친다.
첫 번째 괴한이 잠긴 금고의 경첩과 손잡이 주변에 접착 폭탄을 덕지덕지 붙인다. 소장은 금고 아래 바닥에 쓰러져 있다.

복면의 운전자는 장갑 차량에서 내려 금 거래소 주변의 도로를 경계한다.

도로는 텅 비어 있다.

"이거 아직 움직이네."

복면 운전자가 총에 맞아 쓰러져있는 경비원 아큐를 내려다본다.

경비원 아큐는 바닥에서 일어서려고 버둥거리고 있다.

복면 운전자는 경비원 아큐에게 다시 총구를 겨누고 여러 발 발사한다.

경비원 아큐는 몸을 부르르 떨다 이내 움직임을 멈춘다. 경비원 아큐의 구멍 난 몸에서 연기가 새어 나온다.

금 거래소의 바닥에 널브러진 직원들도 피 한 방울 흘리지 않고 뚫린 총구멍 밖으로 불꽃 스파크와 연기를 내뿜는다.

파괴된 경비원 아큐의 머릿속에서 두 번의 폭발음, 금고 열리는 소리, 가방의 지퍼 열리는 소리, 금괴 덜그

럭거리는 소리, 뛰어가는 괴한들의 발소리, 차량의 엔진 소리가 혼란스럽게 울린다. 그러다 갑자기 정적이 흐른다.

"아큐… 아큐… 아큐, 자나?"

경비원 아큐의 귀에 누군가 속삭인다.

1

아큐와 부이

 아큐는 눈을 뜬다. 그의 얼굴 위로 한 줄기 불빛이 스쳐 지나가고, 이어 또 다른 불빛이 빠르게 스친다.
그의 눈앞에 자동차 핸들이 있다. 핸들은 자율주행으로 차선을 따라 스스로 움직인다.
차량은 도로 좌우의 가로등 불빛을 헤치고 나아간다.

"아큐, 내 말 듣고 있어?"
아큐는 고개를 돌려 조수석의 동료를 쳐다본다.
"응, 듣고 있네. 잠깐 눈을 감고 있었을 뿐이야."
동료는 야간주행 중인 차 안에서도 짙은 선글라스를 쓰고 있다.
"그래, 내가 어디까지 얘기했더라… 아무튼 내 머릿속에서 바람 소리가 끊임없이 들린단 말이야. 특히 눈을 감고 있을 때는 더해. 여기 뚫린 눈구멍으로 바람이 솔솔 들어와서 내 정신을 흐트러뜨린다고."
"그거 힘들겠군."
아큐는 건조한 위로의 말을 건넨다.
순간 가로등의 긴 불빛에 동료의 선글라스 속 쥐구멍처럼 깊은 왼쪽 눈이 드러난다.
"자네는 어떤가?"
동료는 눈구멍 주위가 가려운 듯 손가락으로 쓰다듬으며 묻는다.
"뭐 말인가?"

"다리 말이야. 자네 다리. 괜찮냐고."
"응, 괜찮아. 그럭저럭 괜찮다네. 우리가 뛰어다니는 일을 하는 것도 아니니까…."
"그래 맞아. 우리 같은 퇴물들에겐 이 정도의 일이 적당하지."
"그렇지. 우리에게 적당하지."
아큐는 씁쓸한 미소를 짓는다.
"부이. 우리 이제 그런 얘기 그만하세."
"왜? 언짢은가?"
"뭐 언짢은 것까지는 아니고…."
"그래. 자네 말이 맞아. 신세 처량해지는 얘기는 안 하는 게 좋지…."
아큐와 동료 부이는 입을 다문다.

 컨테이너 크기의 대형 적재함을 장착한 수송 차량이 강변의 도로를 달린다. 강 건너에는 밤하늘의 달과 별에 맞닿을 듯 높은 아파트와 빌딩들이 화려한 불빛을 자랑하며 빈틈없이 솟아있다.

갑자기 터널이 나타난다. 수송 차량은 4차선의 터널 속으로 진입한다.

수송 차량은 수십 킬로미터 길이의 터널을 한없이 달린다. 5㎞, 10㎞ 정도마다 빠져나갈 출구가 하나씩 나타날 뿐 아무런 이정표가 없다.

"아무 차질 없이 운행하고 있습니다."

길은 차량의 내비게이션이 안다.

아큐와 부이의 시선은 터널의 스치는 조명 속으로 빠져든다.

　터널을 빠져나온 수송 차량은 불빛도 건물도 없는 암흑의 세상과 마주한다.

수송 차량은 전조등 불빛 하나로 삭막한 도로를 뚫고 달려 나간다.

멀리 지평선 끝에 좌우로 낮게 깔린 불빛들이 나타난다.

수송 차량은 그 불빛을 향해 벌판을 달린다.

수송 차량은 10여 미터 높이의 콘크리트 담장 앞에서 속도를 늦춘다.

콘크리트 담장 위에 설치된 보안 조명에 날카로운 철조망이 번득인다.

담장은 좌우로 어디까지 뻗어있는지 끝이 보이지 않는다.

콘크리트 담장에 '외부인 접근 금지'라는 붉은 글씨의 경고가 붙어있다.

수송 차량은 담장의 중간에 불쑥 솟은 초소 건물로 향한다. 초소 아래에 있는 거대한 강철 출입문은 그곳이 교도소나 군사시설 또는 어떤 비밀 장소를 연상케 한다. 강철 출입구 위에는 작은 금속 마크가 하나 붙어있다.

'빅컴퍼니.'

    수송 차량은 초소의 바로 아래에 정차한다.

은빛 철모를 쓴 경비원이 초소의 유리문을 열고 내려

다본다.
아큐는 운전석 창문을 내린다.
"시간을 제대로 못 맞추는군. 10분 일찍 도착했잖아."
아큐는 경비원을 올려다보며 고개를 끄덕인다.
"그렇게 됐군요."
초소에서 운전석을 향해 스캐너가 내려온다.
아큐가 스캐너를 향해 얼굴을 돌린다.
"어이, 애꾸! 얼굴 똑바로 들어."
경비원이 위에서 크게 말한다.
부이는 입술을 꾹 오므리고 턱을 올린다.
스캐너는 사진을 찍듯 플래시를 두 번 터뜨린다.
초소 아래의 작은 전광판에 '확인' 문자가 뜬다.
"됐어. 들어가라고."
경비원이 한 손을 슬쩍 들자, 초소 안에 있는 또 다른 경비원이 출입구 개방 버튼을 누른다.
이중의 강철 출입문이 육중하지만 부드럽게 하나씩 열린다.

"재수 없는 놈이야."
부이가 조용히 투덜댄다.
"너무 마음 쓰지 말게."
아큐는 부이를 달랜다.
"염병할 인간들은 우릴 너무 우습게 알아."
"어제오늘 처음 있는 일도 아닌데, 뭐⋯."
수송 차량은 강철 출입문을 지그재그로 통과해 안으로 들어간다.

    수송 차량은 지붕 높은 사각의 공장 건물들 사이의 도로를 지난다. 건물들은 하나같이 침침하고 우울하다.
"여긴 일 년 넘게 매일 오지만 아직도 낯설어."
부이는 지나치는 가로등을 보며 중얼거린다.
아큐는 대답 없이 앞만 바라본다.
어둠이 내려앉은 공장지대는 규모를 가늠할 수 없을 정도로 광활하다. 멀리 어둠 속에 원형의 거대한 스타디움이 밤하늘을 향해 불을 밝히고 있다.

"밤중에 저기서 무슨 운동 경기라도 있나…?"
부이가 어두운 허공을 향해 혼잣말한다.
"저긴 경기장이 아니라 시험장이라더군."
아큐가 알려준다.
"시험장?"
"응, 시험장."
"무슨 시험장?"
"그건 나도 모르지."
수송 차량은 거대한 시험장을 지나 뒤편에 있는 돔형의 지붕을 가진 건물을 향해 다가간다.
수송 차량은 벽에 붙은 '폐기물' 팻말을 따라 돔형 건물의 뒤편으로 향한다.

　수송 차량은 후진으로 움직여 폐기물 배출구에 적재함을 댄다.
배출구의 터널은 어둡고 깊다.
터널 깊은 곳에서 컨베이어 벨트 기계가 내려온다.

아큐와 부이가 차량에서 내린다.

아큐는 왼쪽 다리를 절름거리며 걷는다.

컨베이어 벨트를 타고 푸른색 불투명 비닐 가방이 흘러나온다. 내용물은 보이지 않지만, 겉으로 보이는 형태는 인체의 모습이다.

절름발이 아큐와 애꾸눈 부이는 비닐 가방을 들어 수송 차량의 적재함으로 열심히 옮긴다.

비닐 가방 속의 폐기물들은 거의 온전한 인체의 모양을 가지고 있는 것부터 부서져 덜렁거리는 것까지 다양하다.

수송 차량의 적재함 입구도 컨베이어 벨트처럼 회전하며 폐기물을 안으로 이동시킨다.

한참의 작업 시간이 흐르고 컨베이어 벨트를 타고 흘러나오는 폐기물의 수가 줄어든다.

마침내 컨베이어 벨트 위는 텅 비고 흐름을 멈춘다.

아큐와 부이는 터널 안으로 들어가는 컨베이어 벨트를 뒤로하고 차량에 올라탄다.

수송 차량은 건물의 모퉁이마다 서 있는 가로등 아래를 지난다.
차가운 가로등이 수송 차량의 백미러에서 멀어진다.

    수송 차량은 빅컴퍼니의 강철 출입문을 지그재그로 빠져나온다.
초소의 유리창 안에서 은빛 철모가 빛난다.
수송 차량은 빅컴퍼니를 뒤로하고 어둠이 지배하는 벌판으로 들어간다.

    여명의 하늘에 주홍빛 구름이 풀어진 실타래처럼 흩어져 있다. 구름을 향해 한 줄기 옅은 연기가 올라온다. 하늘을 향해 곧게 뻗은 두 개의 긴 굴뚝을, 넓고 납작한 사각형 모양의 재활용 공장 건물이 듬직하게 받치고 있다.
폐기물 수송 차량은 공장의 출입문 안으로 들어간다.

수송 차량은 후진으로 적재함을 대형 작업대 앞에 바짝 댄다.
적재함의 입구가 열리고 폐기물 비닐 가방이 대형 작업대 위로 쏟아져 나온다.
아큐와 부이는 차에서 내려 공장을 가로질러 걸어간다.
"아큐, 오늘은 뭐하나?"
"아무것도 안 하네. 자네는?"
"나도 아무것도 안 하네."
대형 작업대의 좌우 양쪽에 있는 십여 개의 작업 로봇 손들이 폐기물 가방을 집어 지퍼를 열고, 부서진 로봇 잔해를 꺼내 펼쳐 놓는다.
손가락과 칼이 달린 로봇 손들이 달려들어 폐기된 로봇의 머리, 팔, 다리 등의 피복을 벗겨내고, 또 다른 로봇 손은 내부의 기계장치를 꺼내 부품을 분해한다.
폐기 로봇들은 단순히 부러진 것부터 총상 또는 폭발의 흔적이 있는 것까지 다양하다.

아큐와 부이는 각자의 바이크를 타고 재활용 공장 입구를 빠져나온다.

아큐와 부이는 사거리의 빨강 신호 앞에서 나란히 멈춘다. 좌회전 신호가 켜진다.

부이는 아큐를 향해 가볍게 손을 들어 보이고 좌회전한다.

아큐도 직진 신호를 받고 앞으로 달려 나간다.

아침 해가 아큐의 헬멧에 반사되어 눈부시게 빛난다.

2

빅컴퍼니

아큐는 바이크를 타고 물이 마른 하천 위에 놓인 좁은 다리를 건너 주택가로 향한다.
주택가 입구에 있는 공원에는 청소 로봇 하나가 전동 쓰레기통을 몰고 돌아다니며 바닥의 쓰레기를 주워 담고 있다.

아큐는 바이크의 속도를 낮추어 공원 안에 잠시 시선을 주다 다시 속도를 높여 지나친다.
청소 로봇이 굵은 원형의 몸통을 힘겹게 구부려 벤치 아래에 버려져 있는 술병과 담배꽁초 등을 꺼낸다.
아큐는 나지막한 산 아래에 박혀있는 오래된 고층 아파트 단지를 향해 경사로를 올라간다.

  아큐는 임대아파트 단지의 지상 주차 구역에 바이크를 세우고 내린다.
아큐는 절름거리는 걸음으로, 현관으로 들어가 엘리베이터 앞에서 버튼을 누른다.
18층에 멈춰있는 엘리베이터는 누군가 잡아놓고 있는 것인지 고장인지 움직일 생각이 없다.
아큐는 잠시 고민하다 엘리베이터 옆의 계단으로 향한다. 철커덕철커덕 아큐의 왼쪽 무릎에서 나는 소리가 계단 통로를 울린다.
유치원생 나이의 여자아이가 엄마의 손을 잡고 계단

을 내려온다.

아큐는 계단 난간 쪽으로 비켜 엄마와 아이에게 길을 터준다.

"안녕?"

아이는 인사하는 아큐를 쳐다보고 방긋 웃는다.

그러나 엄마는 손바닥으로 아이의 뺨을 가려 시선을 막으며 지나쳐 내려간다.

아큐는 다시 철커덕철커덕 4층까지 계단을 오른다.

아큐는 복도를 지나 4404호 출입문의 비밀번호를 누른다.

    방과 거실과 부엌이 문도 없는 하나의 공간인 4404호는 텅 비어 있다. 발코니 창을 향해 기다란 소파가 하나 놓여있을 뿐이다.

아큐는 지친 듯 힘없이 소파에 앉는다. 그리고 발코니 창 안으로 쏟아져 들어오는 햇빛을 향해 얼굴을 든다. 창밖 하늘에 솜구름이 퍼져 있다.

아큐는 스르르 눈을 감는다.

하늘의 구름은 연기처럼 흩어지고, 또 다른 구름 한 점이 슬그머니 얼굴을 내민다. 그리고 그것도 이내 소리 없이 사라진다.

파란 하늘이 검푸르게 짙어지고 숨어 있던 별들이 존재를 드러낸다.

아큐가 눈을 뜬다.

아큐는 무거운 적막에 묻혀있다.

   아큐는 바이크에 시동을 건다.

라이트 불빛이 시커먼 경사로를 내려간다.

동네 공원의 어둠 속에서 서너 명의 청소년들이 시시덕거린다. 청소년들은 손가락 길이의 짧은 액상 파이프를 서로 돌려 빨며 즐거워한다.

아큐는 야릇하고 불온한 냄새를 맡지만, 그냥 한 번 힐끗 쳐다볼 뿐 그대로 지나간다.

길게 뻗은 바이크 불빛이 암흑의 공간을 달린다.
밤하늘의 별 하나가 유독 밝게 빛난다.
아큐는 재활용 공장이 내뿜는 빛 속으로 달려 들어간다.

　아큐와 부이는 폐기물 수송 차량에 오른다.
아큐가 시동 버튼을 누른다.
"차량 이상 없습니다. 도착지를 확인해 주세요."
차량 내비게이션의 여성 목소리가 그들을 맞이한다.
"빅컴퍼니."
아큐는 앞에 있는 계기판을 향해 말한다.
"빅컴퍼니. 출발합니다."
차량은 핸들을 스스로 좌우로 움직이며 앞으로 나아간다.
수송 차량은 재활용 공장 밖의 어둠을 향해 가속한다.

　강 건너 도시의 화려한 불빛은 검은 수면 위에서 일렁인다.

"저기 강 건너 도시에는 특권층 인간들이 모여 산다더군."
부이는 짙은 선글라스 속 시선을 창밖의 야경에 두고 있다.
"응. 나도 들었네."
아큐는 팔짱을 끼고 눈을 감는다.
강변 산책로를 따라 서 있는 하얀 가로등들은 고개를 숙이고 있다.
수송 차량의 전조등 불빛은 지나치는 차선을 외면한다.

   20대의 여자는 어두운 강변의 산책로를 달린다. 여자의 상의는 반쯤 찢어져 어깨 아래로 흘러 내려와 있다. 여자의 헝클어진 머리카락은 미친 듯 휘날리고, 터진 입술에는 피가 엉겨있다.
두 명의 남자가 여자를 찾아 이리저리 뛰어다닌다.
쫓기는 여자는 두려움에 숨을 헐떡이며 수풀 속으로 뛰어 들어간다.

두 남자는 수풀 쪽에서 나는 소리를 듣고 고개를 돌린다.
여자가 수풀 밖 콘크리트 경사로를 기어오르고 있다.
"저기다!"
첫 번째 남자가 팔을 휘저으며 외친다.

   도로의 전조등 밖 어둠 속에서 불쑥 하얀 형체가 나타난다.
눈을 감고 있던 아큐가 문득 눈을 뜬다.
창백한 얼굴의 여자가 산발한 머리카락을 휘날리며 달려오는 차량의 불빛을 향해 양팔을 내젓는다.
놀란 아큐는 급하게 브레이크를 밟는다.
대형 수송 차량이 차선을 밟고 위태롭게 휘청인다.
"정차 불가."
내비게이션의 목소리는 차분하다.
아큐가 다시 브레이크를 밟지만 먹통이다.
여자가 수송 차량의 범퍼와 충돌해 허공으로 날아오른다.

"늦었습니다. 브레이크에서 발을 떼십시오."
휘청이던 수송 차량이 중심을 잡고 차선으로 들어온다.
"멈춰. 차를 멈춰봐."
아큐는 좌우 사이드미러를 번갈아 살피며 외친다.
"불가합니다."
"제발 멈춰…."
"진정하세요. 늦었어요."
내비게이션은 싸늘한 명령조로 말한다.
"부이. 봤나? 뭐였지?"
사이드미러에 비친 도로는 어둠뿐 아무것도 보이지 않는다.
"여자였던 것 같은데."
부이는 별일 아니라는 듯 말한다.
"사람?"
"당연히 사람이겠지. 인간들이나 하는 짓이잖아."
"차량에는 이상 없습니다. 경로 변경 없이 운행합니다."
내비게이션은 달래듯 조용히 말한다.

여자를 쫓던 두 남자가 콘크리트 경사 위의 도로로 하나씩 뛰어 올라온다.

"죽었어?"

뒤에 따라온 두 번째 남자가 첫 번째 남자에게 묻는다.

여자는 도로와 경사면의 경계에 걸쳐 엎어져 있다.

첫 번째 남자는 더러운 것을 본 것처럼 코를 막고 인상을 찌푸린다.

"야, 가자! 재수 없다. 어서!"

첫 번째 남자가 경사면으로 뒷걸음치며 소리친다.

"씨발, 좆 같군."

두 번째 남자도 투덜거리며 친구를 따라 조심조심 경사를 내려간다.

"죽었어…. 죽은 것 같아."

아큐는 검은 허공을 향해 혼잣말로 중얼거린다.

"아큐. 신경 쓰지 말게. 자네 잘못이 아니야. 한밤중 자동차 전용도로로 갑자기 뛰어든 것을 어떻게 피하겠

나. 집단에서 도태된 인간일 뿐이야. 아무도 신경 쓰지 않는다고."
아큐는 고개를 돌려 선글라스 속 부이의 어두운 구멍을 들여다본다.
"그렇겠지…. 아무도 신경 쓰지 않겠지…."
수송 차량은 아무 일도 없었던 듯 수십 킬로미터의 긴 터널 속으로 빨려 들어간다.

콘크리트 담장 위의 철조망이 칼날처럼 번득인다.
벌판의 짙은 어둠 저편에서 차량의 불빛이 나타난다.
초소 안에서 은빛 철모가 움직인다.
수송 차량이 다가와 초소 아래에 멈춘다.
육중한 강철 출입문이 스르르 열린다.
수송 차량은 지그재그로 이중의 철문을 통과해 안으로 들어간다.

수송 차량은 돔형 지붕 건물의 벽을 따라 뒤편으로

돌아간다.

아큐와 부이가 수송 차량의 양쪽에서 내린다.

배출구의 컨베이어 벨트를 타고 비닐 가방에 포장된 로봇 폐기물이 흘러나온다.

아큐와 부이는 폐기물 가방을 적재함에 싣는다.

아큐의 귓가에 낯선 바람이 스친다.

배출구 터널의 어둠 속에서 누군가 흐느끼고 있다.

아큐는 일손을 놓고 서서 배출구 깊은 곳의 어둠을 응시한다.

짙은 어둠 속에서 무언가 허연 형체가 꿈틀거린다.

아큐는 그 자리에 얼어붙어 시선을 떼지 못한다.

검은 허공으로 여자가 솟아오른다.

산발한 머리카락은 여자의 하얀 얼굴을 반쯤 가리고 있다.

여자가 입에서 선혈을 뿜는다.

찢어진 옷자락이 허공에 펄럭인다.

휘날리는 머리카락 사이에서 여자의 눈동자가 번득인다.
여자의 두 눈에서 붉은 피가 흘러내린다.
아큐는 꼼짝 못 하고 손가락만 바르르 떤다.

"아큐. 아큐!"
부이가 가까이 다가와 아큐의 얼굴을 들여다본다.
아큐는 퍼뜩 정신을 차리고 부이를 쳐다본다.
"응?"
"뭐해? 다 실었네. 그만 가자고."
빈 컨베이어 벨트는 어두운 배출구 안으로 이동하고 있다.
"아… 그래. 가세."
아큐는 철커덩거리는 걸음으로 운전석 문을 열고 차에 오른다.
수송 차량은 돔형 지붕의 건물을 뒤에 두고 떠난다.

하늘의 비늘구름이 붉게 물든다.

바람은 메마른 벌판을 맴돌다 기울어진 땅 저편으로 가 버린다.
빅컴퍼니의 콘크리트 담장은 높고 싸늘하다.
초소에 서 있는 은빛 철모의 매서운 두 눈동자는 실상 공허하다.
갑자기 붉은 하늘에 세 발의 총성이 울린다. 이어서 다섯 발의 총성이 연달아 울린다.
총성은 빅컴퍼니의 담장 안에서 흘러나온다. 이제는 셀 수 없는 연발의 총성과 폭발음이 교차한다.
그러나 은빛 철모의 사내는 동요하지 않고 돌아보지도 않는다.
차가운 콘크리트 담장과 날카로운 철조망도 동요하지 않는다.

아큐와 부이는 바이크를 타고 재활용 공장 밖으로 나온다. 두 대의 바이크는 아침 해를 받으며 나란히 달린다.

"아큐, 오늘은 집에 가서 뭐 하나?"

"아무것도 안 하네. 자네는?"

"나도 그래. 잘 가게."

"내일 보세, 부이."

아큐와 부이는 사거리에 잠시 멈췄다 각자의 길을 간다.

3

폐기물

    아큐는 바닥이 드러난 메마른 하천의 다리를 건넌다.
청소년 몇 명이 동네 입구의 공원 안에서 뛰어나와 아큐의 앞으로 지나간다.
아큐는 바이크를 세우고 공원 내부를 쳐다본다.
청소 로봇이 공처럼 둥근 등을 공원 바닥에 대고 누워

있다.
"애들아! 일으켜줘. 너희들 이러면 안 돼. 누가 좀 도와줘요."
청소 로봇은 팔과 다리를 허공에 버둥거리며 외친다.
아큐가 절름거리는 걸음으로 다가와 청소 로봇을 일으켜 세운다.
"아이고! 살았다. 감사합니다. 감사합니다."
청소 로봇은 양팔을 360도 회전하고 제자리에서 빙글빙글 돌아본다.
"다행히 이상은 없네. 감사합니다. 감사합니다."
청소 로봇은 고개를 숙여 인사하고 다시 공원 바닥의 쓰레기를 주우며 돌아다닌다.
아큐는 그 자리에 서서 청소 로봇을 지켜본다.

집에 들어온 아큐는 발코니로 나가 하늘을 올려다본다. 그때 발코니 아래에서 낯설지 않은 소음이 들린다. 공원에서 보았던 청소년들이 아파트 단지 안에서 몰러 지나간다.

"닥치고 따라와!"

그들은 자기 또래의 한 소년을 둘러싸고 어디론가 끌고 간다.

아큐는 그들을 물끄러미 지켜보다 안으로 들어가 발코니 문을 닫는다.

　회색빛 하늘 아래의 강변 산책로는 음울한 기운이 깔려있다.

바이크를 탄 아큐가 강변 산책로의 가로등 아래에서 멈춘다.

강변의 공터와 산책로를 따라 빛바랜 작은 텐트와 천막들이 줄지어 있다.

아큐는 산책로 옆 수풀을 헤치고 걸어 들어간다.

수풀 너머의 콘크리트 경사로 위에서 자동차 소음이 들린다.

아큐가 콘크리트 경사로를 철커덩거리며 오른다.

아큐는 도로와 경사의 경계에 서서 아래의 산책로를 내려다본다.

구부정한 노숙자들이 산책로를 느릿느릿 돌아다니거나 한자리에 서 있다. 콘크리트 경사로의 중간에 빛바랜 분홍색 샌들 한 짝이 옆으로 쓰러져있다.

아큐는 작은 샌들을 지나쳐 다시 경사로를 내려간다.

아큐는 바이크에 앉아 헬멧을 쓰고 시동을 걸려다 문득 고개를 든다.

    키가 크고 빼빼 마른 그 남자는 강물을 마주하고 서 있다.

남자는 낡은 양복을 걸치고 그보다 더 낡은 안경을 쓰고 있다.

그는 그곳 강변에 서 있지만, 그의 마음은 그곳에 있지 않다.

    아큐는 반짝이는 강가에 서 있는 남자의 뒷모습을

지켜본다.

남자는 강변의 비포장길을 따라 어정어정 걷는다.

낡은 구두에 진흙이 덕지덕지 엉겨있다.

아큐는 바이크의 핸들에 손을 올린 채 남자를 따라 시선을 옮긴다.

남자는 잠시 걸음을 멈추고 강 위를 가로지르는 대교를 올려다본다.

아큐도 남자를 따라 대교를 쳐다본다.

남자는 다시 비실비실 걸음을 옮겨 대교 위로 통하는 계단을 오른다.

아큐는 위험을 감지하지만, 그냥 지켜보기만 한다.

마침내 계단의 정상에 오른 남자가 대교의 난간에서 모습을 나타낸다.

남자가 난간 아래의 강물을 내려다본다.

"안돼."

아큐는 고개를 가로저으며 혼자 중얼거린다.

남자는 난간에 다리를 걸치고 위로 오른다.

멀리 있지만 아큐는 남자의 표정을 볼 수 있다.

남자는 웃고 있다. 남자가 양팔을 활짝 펼친다. 그리고 허공을 향해 새처럼 날아오른다.

아큐는 자신도 모르게 남자를 따라 양팔을 든다.

하지만 남자는 날지 못하고 강물을 향해 추락한다.

아큐는 남자의 마지막 순간을 하나도 놓치지 않고 지켜본다.

남자가 들어간 검은 수면 위로 하얀 물거품이 인다.

강변 텐트촌에 있는 사람들 중 누구도 남자의 추락을 목격하지 못한다.

물속으로 들어간 남자는 다시 떠오르지 않는다.

아큐는 반짝이는 강물을 바라보며 그가 여행을 떠났다고 생각한다.

아큐는 바이크에 시동을 걸고 강변을 떠난다.

강물은 남자를 품고 유유히 흘러간다.

남자는 물속에 누워 여행을 떠난다. 아주 멀리.

아큐는 출근 기록 장치 앞에서 얼굴을 든다.
모니터에 아큐의 신상 기록인 불규칙 모양의 코드가 뜬다. 아큐의 얼굴과 코드가 겹치며 몸 내부의 기계장치를 확인한다.
공장 중심의 벽면에 있는 대형 모니터에서 활기찬 영상이 움직인다.
'에이의 은퇴를 축하합니다. 즐거운 크루즈 여행 되세요!'
화면 속에서 화환을 목에 걸고 활짝 웃는 에이의 얼굴과 춤추는 모습이 번갈아 교차한다.

아큐는 운전석에 앉아 부이를 기다린다.
"자네 봤어?"
부이가 조수석으로 올라오며 아큐에게 묻는다.
"뭘?"
"생산부에 있던 친구가 은퇴한다더군."
"응…. 아는 친군가?"

아큐는 시동 버튼을 누르며 묻는다.

"목적지를 확인해 주십시오."

내비게이션이 상냥한 목소리로 말한다.

"빅컴퍼니."

아큐는 내비게이션에 말하고 부이를 돌아본다.

"목적지 빅컴퍼니를 향해 출발하겠습니다."

"전에 함께 일한 적이 있었지. 아주 밝은 친구였어. 말이 많아서 조금 시끄러웠지만."

부이가 웃으며 대답한다.

수송 차량이 자율주행으로 출발한다.

"왜 은퇴하는데?"

"응, 사고가 있었나 봐. 완전히 파손됐지."

"그렇군."

"어쩌면 잘된 일이지. 즐거운 여행도 하고 말이야."

수송 차량이 공장 출입구를 통과해 어둠 속으로 나간다.

"가상이지만… 진짜 하는 여행보다 더 진짜 같을 테니까. 우리에겐 최고의 복지 아니겠나."

부이가 덧붙인다.

    아큐와 부이는 폐기물 배출구에서 나오는 로봇 폐기물을 적재함에 싣는다.
비닐 가방의 지퍼 밖으로 검게 탄 로봇 팔 하나가 불쑥 삐져나와 있다.
아큐는 로봇 팔을 가방 안으로 밀어 넣고 지퍼를 닫는다.

    작업을 끝낸 수송 차량은 초소 아래의 출입문 밖으로 빠져나간다.
"부이, 우리 같이 일한 지 얼마나 됐지?"
"한 4년 넘었지."
"자넨 언제부터 존재했나?"
"음…. 그건 나도 잘 모르겠네. 몇 번 재생 됐었는지에 따라 다르겠지. 아큐, 자네는?"
"그건 나도 마찬가지네. 2024년 이후라는 것만 알지."
"그래, 2024년… 나도 그 정도만 알지."

폐기물 수송 차량은 검붉은 벌판을 달린다.

　아큐는 의료용 침대에 누워있다. 아큐의 허리 아래는 수술용 커튼으로 가려 보이지 않는다.
커튼 아래 아큐의 왼쪽 다리는 피복이 개봉되어 금속 뼈대와 복잡한 기계장치들이 드러나 있다.
전자 안경을 착용한 기술자가 공업용 기구로 전선을 연결한다.
"유지만 할 뿐 더 좋아지기는 어려워요."
기술자가 말한다.
"예, 알고 있습니다."
아큐는 날카로운 드릴 소리에 미간을 찌푸리다 그냥 눈을 감는다.

　"이야기해 보세요. 요즘도 꿈을 꾸나요?"
여성 상담사가 창가에서 햇빛을 등진 채 아큐를 지켜보고 있다.

"예."

눈을 감은 아큐는 캡슐형 침대에 누워있다.

"지금은… 지금도 같은 꿈을 꾸고 있습니까?"

"예, 들판에서 뛰어놀고 있습니다."

"누구와 함께 있습니까?"

"어머니…, 어머니와 함께요."

상담사가 아큐가 누워있는 캡슐로 다가온다.

"당신의 어머니는 어떤 분입니까?"

"좋은 분. 좋은 분입니다. 어머니는 친절하십니다. 항상 따스한 미소로 웃고 계십니다."

"당신은 행복한 분이군요."

눈 감은 아큐의 눈동자가 좌우로 움직인다.

"지금은 어디에 있습니까?"

"바다. 어머니와 함께 바다에 왔습니다."

아큐의 귓전에 파도 소리가 들린다.

"밀려온 파도가 다리를 적십니다."

"그렇군요. 당신은 즐거운 시간을 보내고 있어요. 당

신은 행복한 로봇입니다."

"예. 저는 행복한 로봇입니다."

"당신은 삶에 만족하고 있어요. 당신은 행복한 존재에요. 자, 편한 마음으로 쉬세요."

캡슐형 침대의 투명 뚜껑이 조용히 닫힌다.

"당신은 꿈을 꿉니다. 행복한 추억을 만듭니다."

상담사는 조용히 문을 열고 밖으로 나간다.

아큐는 캡슐형 침대에서 깊은 잠에 빠진다.

캡슐 안으로 파도가 스며든다. 하얀 거품이 넘실대며 아큐의 뺨을 간질인다. 아큐는 꿈에 취해 입가에 미소를 짓는다.

4

비밀

　대형 수송 차량 6대가 공장 안에 줄지어 서 있다. 출근한 아큐는 낯선 기사들이 있는 것을 보고 의아해 한다.
"굉장한 실험이 있었나 봐. 오늘 수송량이 엄청나다더군."
먼저 와 기다리고 있던 부이가 아큐에게 말한다.

"무슨 실험?"

"글쎄. 우리 같은 기사들이 어찌 알겠나."

아큐를 포함한 폐기물 수송 기사들은 각자의 차량에 올라탄다.

6대의 수송차가 줄지어 공장을 빠져나간다.

    빅컴퍼니의 폐기물 배출구에서 엄청난 크기의 로봇 머리, 팔, 다리 등이 따로따로 비닐 가방에 담겨 나온다. 가방 안에서 화약 냄새가 새어 나온다.

폭발과 총상의 흔적이 선명한 로봇 조각들은 폐기물 가방으로 다 가릴 수 없을 정도로 크다.

조각들을 모아 조립한다면 어림잡아 높이 10㎡가 넘는 초대형 로봇이다.

아큐와 부이 그리고 함께 온 다른 기사들은 말없이 폐기물을 차량의 적재함에 싣는다.

아큐와 부이는 적재함 안으로 잘 들어가지 않는 커다란 폐기물을 팔과 어깨로 직접 밀어 넣기도 한다.

아침에 퇴근한 아큐는 바이크를 타고 동네 공원 옆을 지난다.
공원 바닥에 팔과 다리가 부러지고 몸체도 찌그러진 청소 로봇이 쓰러져 있다.
아큐는 바이크를 세우고 공원으로 들어가 로봇의 상태를 살펴본다.
청소 로봇은 수많은 타격으로 찌그러지고 부서져 움직이지 않는다.

　　아큐는 발코니에 서서 아파트 단지를 내려다본다.
세 대의 스쿠터가 아파트 단지에 나타나 지상 주차장을 지나 부르르 밖으로 몰려 나간다.
아큐는 거실로 들어와 선반의 문을 열고 망치를 꺼낸다.

　　교복을 입은 소녀가 자전거를 타고 중학교 교문을 나온다.
소녀는 신호 없는 횡단보도를 건너고, 한적한 비포장

도로를 달린다.

소녀는 기차가 달리지 않은 지 오래된 녹슨 철길의 건널목을 건넌다.

마른 하천의 다리 위에서 갑자기 나타난 스쿠터 한 대가 소녀의 앞을 막는다.

소녀는 놀라 자전거의 급브레이크를 잡고 휘청인다.

한 소년이 스쿠터를 세우고 내린다.

"어? 미안해. 괜찮냐?"

소년은 다가와 소녀의 얼굴을 들여다본다.

"괜찮아…."

소녀는 소년의 시선을 피하고 자전거 페달에 발을 올린다.

그러나 소년은 자전거 앞바퀴를 막고 서서 비켜 주지 않는다.

"제발…. 가게 해줘."

소녀는 무슨 잘못이라도 저지른 것처럼 부탁한다.

또 다른 두 대의 스쿠터가 나타나 다리 양쪽 입구에 멈춘다. 두 번째 소년과 세 번째 소년은 스쿠터에서 내려 소녀의 자전거를 앞과 뒤에서 막아선다.

"왜 그래? 무슨 일이야?"

두 번째 소년이 뒤에서 소녀의 자전거 짐받이를 잡는다.

"별일 아니야. 얘기 중이야."

첫 번째 소년은 입가의 미소를 감추지 못한다.

소녀는 공포에 떨며 어쩔 줄 몰라 두리번거린다.

"미안해…. 부탁이야."

"왜 그래? 내가 무서워? 너, 나 기억 못 하냐?"

소녀는 고개를 들지 못한다.

"우리 같은 초등학교 나왔잖아."

첫 번째 소년은 소녀에게 얼굴을 들이댄다.

"타라. 태워줄게."

"아니. 자전거 타고 가면 돼."

"자전거?"

첫 번째 소년은 소녀의 팔을 잡고 자전거에서 끌어 내리고, 세 번째 소년은 자전거의 핸들을 잡아 이리저리 마구 흔들다 마른 하천 아래로 밀어 버린다.

"야! 망가졌잖아."

첫 번째 소년은 세 번째 소년을 나무라는 척 말한다.

"아, 미안."

세 번째 소년은 웃으며 사과한다.

세 소년은 서로의 얼굴을 보며 낄낄댄다.

첫 번째 소년은 갑자기 웃음을 지우고 주머니에서 접이식 캠핑 칼을 꺼내 날을 펼친다.

"너! 난 네가 어디 사는지 알아. 네 동생이 어느 학교에 다니는지도 알고."

소녀는 겁에 질려 어깨를 부들부들 떤다.

두 번째 소년과 세 번째 소년이 양쪽에서 소녀의 팔을 잡아 첫 번째 소년의 스쿠터 뒤에 강제로 앉힌다.

"좋게 얘기할 때 타라."

세 대의 스쿠터는 배기가스를 남기고 떠난다.

    메마른 하천의 바닥에 자전거가 떨어져 있다.

아큐가 바이크를 타고 나타난다.
아큐는 다리 중간에 멈춰 하천 바닥을 내려다본다.

   콘크리트 바닥과 기둥만 세우고 공사 중단으로 수십 년 동안 방치된 5층 높이의 공장형 건물이 외진 도롯가에 있다.
건물의 입구로 추정되는 시멘트 바닥에 세 대의 스쿠터가 서 있다. 건물 안쪽에서 귀청을 찢을 듯한 음악이 흘러나온다.
건물 1층의 중심 공간에서 세 명의 소년이 춤을 춘다.
소년들은 주저앉아 울고 있는 소녀를 둘러싸고 웃어댄다.
세 번째 소년이 소녀의 팔을 잡아 당겨 가슴에 안고 억지 춤을 춘다.
소녀가 세 번째 소년의 손을 뿌리친다.
세 번째 소년은 주먹으로 소녀의 얼굴을 사정없이 가격한다.

소녀는 바닥에 쓰러져 코피가 흐르는 얼굴을 감싸고 흐느낀다.
소년들은 혀를 날름거리고 손가락질하며 깔깔댄다.

　아큐는 바이크를 몰고 폐건물을 향해 다가간다.
아큐는 도로 안쪽에 바이크를 세우고 철커덩거리는 걸음으로 폐건물을 향해 걸어간다.
폐건물 안에서 요란한 음악 소리가 흘러나온다.
폐건물 주변은 대낮에도 햇볕이 들지 않아 습하고 칙칙하다. 녹이 슬고 눅눅한 건축자재가 길가에 흩어져 있다.

　두 소년은 서서 바닥을 내려다본다.
첫 번째 소년은 바닥에 엎드려 드러낸 엉덩이를 앞뒤로 씰룩인다. 소년의 아래에 찢어진 교복 밖으로 맨살이 드러난 소녀가 다리를 벌리고 누워있다.
두 번째 소년과 세 번째 소년은 두 눈을 번득이며 입가의 침을 닦는다.

"그만해라."

소년들은 뒤에서 들린 차분한 목소리에 화들짝 고개를 돌린다.

"씨발 뭐야? 놀랬잖아!"

두 번째 소년과 세 번째 소년이 뒷걸음치다 넘어질 뻔 기우뚱한다.

아큐가 소년들을 노려보고 서 있다.

바닥에 있던 첫 번째 소년도 바지춤을 잡고 후다닥 일어선다.

소녀는 찢어진 교복을 당겨 가슴을 가리고 놀람과 수치심에 고개를 숙인다.

"당신 뭐야?"

첫 번째 소년이 소리치며 주머니에서 캠핑 칼을 꺼낸다.

두 번째와 세 번째도 주변에서 무기가 될 만한 것을 찾아 다급히 두리번거린다.

"너희들 이러면 안 돼."

아큐는 분노를 애써 억누르며 말한다.

"뭐가 안된다는 거야? 죽고 싶어? 꺼지지 못해?"

첫 번째 소년은 칼을 아큐 쪽으로 내저으며 위협한다.

"청소년 사람이 이렇게까지 나쁘면 안 되는 거야."

"어? 뭐야, 이거… 이거 로봇 아니야?"

세 번째 소년이 아큐를 위아래로 살핀다.

"그러게! 로봇 맞네."

두 번째 소년도 아큐가 로봇인 걸 알고 안심하며 웃는다.

"청소년 사람이 이렇게까지 나쁘면 안 돼."

첫 번째 소년은 아큐가 한 말을 흉내 내며 비꼰다.

"로봇 새끼가, 건방져!"

첫 번째 소년은 갑자기 아큐의 목을 향해 칼끝을 내지른다.

아큐는 한 걸음 물러서 가볍게 칼을 피한다.

"죽어라! 로봇 새끼."

두 번째 소년이 녹슨 쇠 파이프로 아큐의 어깨를 내려친다. 시멘트 먼지가 날릴 뿐 아큐는 끄떡도 하지 않는다.

"그만해!"

"개소리 마!"

두 번째 소년은 아큐의 머리를 향해 다시 쇠 파이프를 내려친다.

아큐는 날아오는 쇠 파이프를 한 손으로 움켜잡는다.

"뒈져라!"

첫 번째 소년이 아큐의 등을 향해 칼끝을 뻗는다.

아큐는 옆으로 돌아 칼을 피하는 동시에 뒤춤에서 망치를 꺼낸다. 그리고 중심을 잃고 앞으로 휘청이는 첫 번째 소년의 머리를 내려친다.

첫 번째 소년의 정수리에 작은 웅덩이가 생기는 듯하더니, 그 웅덩이 안에서 샘물처럼 꿀럭꿀럭 핏물이 올라온다.

첫 번째 소년은 시멘트 바닥에 얼굴을 처박고 움직이지 않는다.

"로봇이 사람 죽인다! 로봇 새끼가 사람 죽인다!"

두 번째 소년이 건물 밖으로 도망치며 외친다.

아큐는 첫 번째 소년의 손에 있는 칼을 집어 두 번째 소년을 향해 던진다.

날아간 칼끝이 두 번째 소년의 등에 깊이 박힌다.

두 번째 소년은 건물 입구에 엎어져 팔다리를 몇 번 버둥거리다 축 늘어진다.

"잘못했어요! 실수예요! 나는 보내주세요! 아무에게도 얘기하지 않을게요!"

세 번째 소년은 얼른 무릎을 꿇고 손바닥을 싹싹 비빈다.

아큐는 세 번째 소년에게 손을 뻗는다.

"제발… 한 번만 살려주세요!"

세 번째 소년은 아큐의 손을 피해 무릎으로 뒷걸음질 친다.

"어리석은 놈… 너무 늦었어."

아큐는 세 번째 소년의 목을 벌컥 움켜잡는다.

세 번째 소년은 아큐의 손을 잡고 버둥거리다가 뼈가 으스러지는 소리와 함께 입에서 피를 토한다.

아큐는 소녀를 돌아본다.

소녀는 넋이 나간 얼굴로 구석에 웅크리고 있다.
"가자. 집이 어디니? 데려다줄게."
아큐는 소녀에게 손을 내민다. 아큐의 손은 피로 물들어 있다.
소녀는 스르르 옆으로 쓰러지며 눈을 감는다.

아큐는 다시 바이크를 타고 달린다.
소녀는 아큐의 바이크 뒤에 앉아 있다.
'아저씨는 누구세요? 킬러 로봇이에요?'
'아니. 나는 운전기사야.'
'운전기사 로봇 아저씨… 감사합니다.'
소녀의 목소리는 아직 떨린다.
'아저씨….'
'응?'
'부탁이 있어요.'
'그래, 말해봐.'
'오늘 있었던 일… 비밀로 해주세요.'

'비밀?'

'예, 비밀이요. 나는 오늘 망가졌어요. 나는 이제 재활용도 되지 않는 쓰레기예요.'

소녀는 파란 하늘을 올려다보며 눈물을 흘린다.

'아니야. 넌 조금도 망가지지 않았어. 너는 흠 하나 없이 멀쩡해.'

'아저씨, 부탁이에요. 다른 사람이 나를 알게 하고 싶지 않아요. 제발 비밀로 해주세요.'

'그건 걱정하지 마라. 나도 원하는 일이야. 우린 서로의 이름도 몰라.'

'아저씨, 감사해요.'

바람 속을 달리는 아큐와 소녀를 붉은 황혼이 감싼다.

'소녀야. 슬퍼하지 말고, 좌절하지 마. 너는 이 세상의 미래야.'

소녀는 고개를 숙이고 아큐의 등에 이마를 기댄다.

소녀의 눈물에 아큐의 몸과 마음이 젖는다.

5

불렛

 폐기물 수송 차량은 짙은 어둠 속을 달린나.
아큐는 말없이 정면의 어둠을 응시한다.
부이의 선글라스 시선도 창밖의 허공을 향해 있다.
별보다 밝은 도시의 불빛은 강물에 잠겨 있다.
수송 차량은 수십 킬로미터 길이의 터널 속으로 빨려

들어간다.

　메마른 벌판은 스산한 어둠이 지배한다.
수송 차량은 검문초소 아래의 강철 출입문을 통과한다.
아큐는 사이드미러에 비친 초소를 본다.
초소 경비원의 시선은 벌판의 어둠을 향해 있다.
빅컴퍼니 내의 전경에 점점이 박혀 있는 가로등 불빛들은 흐릿하다.

　수송 차량은 배출구에 적재함을 댄다.
차량에서 내린 아큐와 부이는 깊고 어두운 배출구에서 내려오는 컨베이어 벨트를 기다린다.
부이가 먼저 폐기물 가방을 적재함에 싣기 시작한다.
잠시 멍하니 서 있던 아큐도 정신을 차리고 가방을 옮긴다.
폐기물 가방의 내용물 크기가 평소보다 작다.
아큐는 배출구의 깊은 어둠 속에서 뭔가 움직이는 것

을 눈치챈다.

배출구 안에서 작은 물체가 나타났다 사라진다.

아큐는 자신도 모르게 일손을 멈추고 터널 속을 들여다본다.

"아큐, 다 끝났네."

부이는 조수석 문을 열고 올라탄다.

"응? 응. 가세."

아큐는 다시 배출구를 돌아본다.

컨베이어 벨트는 터널 안으로 들어가고, 배출구의 구멍이 서서히 닫힌다.

순간 배출구 밖으로 작은 얼굴 하나가 불쑥 삐져나온다.

아큐는 놀란 기색을 감추고 침착히 지켜본다.

사내아이인지 여자아이인지 구분이 안 되는 조그마한 아이 로봇이 고양이처럼 가볍고 날랜 동작으로 배출구 밖으로 뛰어나와 수송 차량의 폐기물 적재함 입구에 매달린다.

"쉿."

몸에 아무것도 걸치지 않은 신장 140~150㎝ 정도의 조그마한 아이 로봇은 눈을 빛내며 검지손가락을 입술에 댄다.
"아큐! 뭐하나?"
부이가 조수석 창문 밖으로 얼굴을 내밀고 외친다.
"응, 가네."
아큐는 운전석으로 올라탄다.

    수송 차량은 빅컴퍼니 출입문을 통과해 밖으로 나간다.
은빛 철모의 초소 경비원은 수송 차량이 나아갈 벌판을 향해 서 있다.
강철 출입문이 닫히고 잠금장치가 채워지는 순간 빅컴퍼니의 내부 어딘가에서 요란한 사이렌 소리가 울린다.
수송 차량의 전조등 불빛은 짙은 어둠 속으로 멀어진다.
은빛 철모들은 사이렌 소리가 요란한 빅컴퍼니 내부

를 한 번 쳐다보고 다시 벌판을 돌아본다.
벌판은 불빛 하나 없는 암흑이다.

   작은 로봇이 달리는 수송 차량의 밑에서 기어올라 적재함 입구의 턱에 걸터앉는다.
아이 로봇은 빅컴퍼니 방향의 어둠을 향해 가볍게 손을 흔든다.

   수송 차량은 재활용 공장 안으로 들어가 분류 작업장에 정차한다.
적재함이 열리고 폐기물 가방이 분류 작업대 위에 쏟아진다.
작업대 양쪽의 로봇 손들이 폐기물 비닐 가방으로 달려든다.

   아큐와 부이는 차량에서 내린다.
"부이, 가세. 수고했네."

아큐는 부이와 나란히 걷는다.
작은 로봇이 차량 아래에서 얼굴을 내민다.

 부이가 바이크에 앉아 시동을 건다.
"부이, 먼저 가게. 나 다시 들어가서 가져올 게 있네."
"기다리지."
"아니야. 먼저 가게."
"그러지. 내일 보세."
아큐는 부이의 바이크가 떠나는 것을 그 자리에 서서 지켜본다.

 아큐는 공장 한편에 쌓여있는 빈 폐기물 가방 보관 박스로 걸어간다.
보관 박스 안에 있는 가방 하나가 불룩하다.
"요령껏 따라 나와."
폐기물 가방 안에서 아이 로봇이 얼굴을 내민다.
아큐는 바이크에 시동을 걸고 출발해 공장 밖으로 나

간다.

공장 밖 모퉁이에 부이의 바이크가 있다.

부이는 담장에 기대서서 공장을 떠나는 아큐의 바이크를 지켜본다.

    아큐의 바이크 뒤에 실린 가방에서 아이 로봇이 얼굴을 내민다.

"너 누구니? 도망친 거니?"

"예."

아이 로봇은 상쾌한 바람을 얼굴로 느끼며 미소 짓는다.

"왜? 무슨 일 있니?"

"폐기되기 싫어서요."

"폐기? 넌 생산된 지 얼마 안 된 로봇 같은데."

"예, 344일 됐어요. 하지만 난 제작되고 곧 폐기되는 실험용 로봇이에요. 지금 여기 있는 것도 기적이죠."

"실험용 로봇? 무슨 실험?"

"슈퍼 로봇 실험이요."

"슈퍼 로봇?"
아큐는 아파트에 도착해 바이크를 세운다.

    아큐는 불룩한 폐기물 가방을 한 손에 들고 엘리베이터를 탄다.
아큐는 4층 버튼을 누른다.
"이름은 뭐니?"
"없어요. 그냥 불렛이에요. 빅컴퍼니는 우리를 모두 불렛이라고 불러요."
"우리?'
"예, 우리는 슈퍼 로봇의 성능 향상 전투에 사용되는 불렛이에요. 한 번 사용하고 폐기되는 로봇들이죠."
4층에 도착한 엘리베이터의 문이 열린다.

    아큐는 4404호 문을 열고 들어가 가방을 내려놓는다.
"이제 나와도 돼."
불렛은 가방 안에서 지퍼를 열고 얼굴을 내밀고 집안

을 둘러본다.

"미안하지만 여기 오래 머물 수는 없어."

불렛은 발코니 밖으로 나가 하늘을 올려다본다.

"나도 폐 끼칠 생각은 없어요. 곧 떠날 거예요."

"그럼 다행이고…. 갈 데는 있니?"

"아직은 없어요. 일단 무조건 도망치고 본 거예요."

"곤란한 대답이군."

"내 머리의 기억 중에 바다가 있어요."

"바다?"

"예. 나는 파도 소리를 매일 듣죠. 바닷가에 있는 꿈을 꾸거든요. 밀려오는 하얀 파도가 내 다리를 적시고, 어떤 키 큰 여자가 나를 내려다봐요. 친절하고 따스한 미소로요."

아큐는 불렛의 말을 들으며 자신의 귓가에 맴도는 파도 소리를 듣는다.

"그거…. 미안하지만, 그건 그저 기억일 뿐이야. 실제로 네가 경험한 게 아니야."

"나도 알아요. 내가 바다에 가 본 적 없다는 것쯤은."
불렛은 입술을 삐죽인다.
"그래. 너는 제조된 지 얼마 되지 않았으니까."
아큐는 일부러 고지식하게 강조한다.
"하지만 그건 내 기계 몸체에 관한 것이고, 내 머리의 기억은 오래전부터 존재했던 것일지도 몰라요."
"그런 건 없어. 네 기억은 가짜야."
"당신이 어떻게 확신하죠?"
불렛은 발끈하여 미간을 찌푸린다.
"나도 너와 같은 기억이 있거든."
불렛은 아큐를 노려보다 고개를 돌린다.
"불렛이라고 그랬지? 불렛, 여기 앉아라. 좀 쉬어라."
아큐는 피곤한 듯 느릿한 몸짓으로 소파에 등을 기대고 앉는다.

 소파 아래의 충전 코드가 아큐의 옆구리에 연결된다.
"당신은 충전이 필요하군요."

불렛은 발코니의 햇빛을 등지고 서서 아큐를 내려다본다.
"응. 너는 괜찮니?"
"예, 난 태양에너지로 자체 충전해요."
"그렇구나…. 너는 최신형이니까. 난 좀 쉬어야겠다."
아큐는 천천히 눈을 감는다. 눈을 감은 아큐의 귓가에 파도 소리가 맴돈다.
불렛은 발코니 난간에 팔꿈치를 대고 하늘을 올려다본다.
두 개의 구름이 천천히 가까워져 하나로 뭉쳤다가 떨어지고 이내 흐려진다.

　허공에 화약 연기와 냄새가 가득하다. 거대한 스타디움 안의 그라운드를 사이에 두고 두 개의 언덕이 마주해 있다. 두 개의 인공 언덕 사이로 총탄과 미사일이 교차하며 날아다닌다.
바위와 돌과 흙으로 이루어진 언덕에서 같은 모습을

가진 수십의 꼬마 로봇들이 우르르 달려 내려온다.

꼬마 로봇 불렛들은 왼손에 장착된 기관총을 쏘고, 어떤 불렛은 어깨에 짊어진 대전차 미사일을 발사한다.

건너편의 인공 언덕에서 초당 수백 발의 발칸 총탄이 날아온다.

총탄을 맞은 불렛은 산산이 부서지고 폭발한다.

10m가 넘은 거대 로봇은 불렛의 총탄을 피하며 왼팔에 달린 발칸과 오른팔의 미사일을 발사한다. 거대 로봇의 가슴에 새겨진 금속활자 'DARK'가 금빛으로 빛난다.

다크는 총탄과 미사일을 피해 자유자재로 움직이고 허공으로 날아오르며 발칸과 미사일을 발사한다.

꼬마 로봇 불렛들은 거대한 화염 속에 마른 낙엽처럼 타오른다.

수십 기의 드론 카메라가 스타디움 위를 분주히 날아다니며 거대 로봇 다크와 꼬마 전투 로봇 불렛의 전투를 촬영한다.

빅컴퍼니의 상황본부 한쪽 벽면 전체의 스크린에 로봇들의 전투 장면이 펼쳐진다. 푸른 유니폼을 입은 십여 명의 연구원들은 잔인한 파괴의 장면을 지켜본다.
거대 로봇 다크는 불렛의 머리 위를 날아다닌다.
연구원들의 뒤편 벽에 설치된 9개의 모니터에서 환호와 박수가 터져 나온다. 가운데 VIP 모니터를 중심으로 좌우 8개의 모니터에서 남녀 이사 8명의 얼굴이 활짝 웃고 있고, VIP 모니터에는 불규칙의 홀로그램 영상만 움직인다.
다크 로봇이 불렛 로봇을 손으로 잡아 몸에서 머리를 뽑아 내던진다.
모니터의 이사들과 상황실의 연구원들은 낮은 탄성을 내지른다.
"고 박사님. 현재 다크의 비행 가능 거리는 얼마입니까?"
얼굴 없는 VIP 화면이 묻는다.
연구원들의 중간에서 노년의 남자가 일어나 VIP 화면을 향해 돌아선다.

"예, 약 1,000㎞입니다."

"상당하군요. 그럼 다크의 목표는 어디까지입니까?"

생중계 영상 안에서 다크는 팽이처럼 회전하며 하늘로 날아오른다.

"우주 정거장까지 비행할 수 있는 4,000㎞를 목표로 하고 있습니다."

"브라보!"

모니터 속의 이사진들이 박수를 친다.

"좋습니다. 나는 이만 들어가겠습니다. 즐거운 시간 되십시오!"

VIP 모니터는 짧은 인사를 던지고 꺼진다.

모니터 속의 이사진들은 축하의 와인 잔을 좌우의 모니터를 향해 든다.

대형 스크린 가득 파괴된 불렛들의 잔해가 언덕과 그라운드에 널려있다.

6

아큐와 불렛

"혹시 누가 문을 두드리면 대답하지 마. 밖에도 나가지 말고. 알았지?"
아큐는 불렛에게 당부하고 현관문을 닫는다.
불렛은 아큐의 회색 후드티의 긴 소매를 접고, 트레이닝 반바지를 헐렁한 긴바지처럼 입고 있다.

불렛은 발코니에 서서 어둠 속으로 멀어지는 바이크의 불빛을 내려다본다.
밤하늘에 정체불명의 비행물체가 빛을 깜박이며 지나간다.

아큐는 수송 차량의 운전석 문 손잡이를 당긴다. 문이 열리지 않는다.
아큐는 어느새 뒤에 와 있는 부이를 돌아본다.
"아큐, 관리자가 잠시 오라는군."
"무슨 일인데?"
"모르겠네."
아큐는 부이가 뭔가 알고 있다고 생각하지만, 더 묻지 않는다.
아큐는 절름거리는 걸음으로 계단을 올라 2층에 있는 관리 사무실로 향한다.

관리자는 책상에 앉아 종이 서류를 검토하고 있다.

그는 출입문을 두드리는 소리를 듣고도 고개를 들지 않은 채 말한다.
"들어오게."
아큐는 출입문을 열고 들어와 관리자의 책상 앞에 어정쩡한 자세로 선다.
"거기 잠시 앉아 기다리게."
관리자는 여전히 고개를 들지 않고 말한다.
아큐는 잠시 망설이다 관리자의 책상 앞에 있는 의자에 앉는다.
관리자는 묵직한 만년필의 뚜껑을 열어 서류에 서명을 마치고 고개를 든다.
"일하는 데 어려움은 없나?"
아큐는 의자에서 바로 일어선다.
"예… 예."
"일어설 것 없어. 그냥 앉아서 얘기해."
관리자는 만년필의 뚜껑을 돌려 닫는다.
아큐는 자리에 그대로 서 있다.

"앉으라니까."

"예."

아큐는 의자의 끝에 어색하게 앉는다.

관리자는 등받이 높은 사무용 의자에 머리를 기대고 사무적인 미소를 짓는다.

"물어볼 게 있어서, 오라고 했네."

"예, 말씀하십시오."

관리자는 입가의 미소를 지운다.

"며칠 전 무고한 소년들이 처참하게 살해되는 사건이 있었네. 로봇이 아니라 사람 말이네. 자네… 그 일에 대해 아는 것 있나?"

"모릅니다. 처음 듣는 얘기입니다."

아큐는 관리자의 시선을 피하지 않는다.

"자네의 거주지와 멀지 않은 곳에서 벌어진 일이네. 정말 모르는 일인가?"

관리자는 담배를 꺼내 입에 물고 구식 기름 라이터로 불을 붙인다.

"정말 처음 듣는 얘기입니다. 그 일 때문에 부르셨습니까?"

"자네를 의심하는 건 아니네. 혹시 아는 것이 있는가 해서 묻는 것이네."

"죄송합니다. 아는 게 없습니다."

"응, 그렇군. 내가 추궁하는 것 같아서 불쾌한가?"

"아닙니다. 괜찮습니다."

"그래. 내 용건은 그게 다네. 가 보게."

"예."

아큐는 의자에서 일어나 고개를 끄떡 인사하고 돌아선다.

"아큐."

아큐는 천천히 다시 돌아선다.

"자네도 은퇴가 얼마 남지 않았지?"

아큐는 대답 없이 관리자를 쳐다본다.

"은퇴할 때까지 매사에 조심하게. 명예로운 은퇴가 바람직하지 않겠나? 자네의 본분을 잊지 말라는 말이네."
"예, 알겠습니다."
아큐는 굳은 표정을 숨기려 얼른 돌아선다.
관리자는 문이 닫힐 때까지 아큐의 뒷모습을 끝까지 지켜본다.

    수송 차량은 매일 밤 지나는 도로를 달린다. 강 건너 빌딩의 화려한 불빛이 강물 위에서 아름답게 빛난다. 수송 차량은 수십 킬로미터 길이의 터널로 진입한다. 조수석의 부이가 짙은 선글라스 눈으로 아큐를 힐끗힐끗 돌아본다.
"무슨 할 말 있나?"
아큐는 부이를 쳐다보지도 않고 말한다.
"아큐…."
"말하게."
"아큐, 우리 한 팀이지?"
"한 팀이지."

"우리가 한 팀이라면 서로 숨기는 일 따위는 없는 게 좋지 않나?"
"왜 그런 말을 하지? 내가 자네에게 숨기는 게 있다고 생각하나?"
"아니. 내가 하고 싶은 말은… 나는 자네에게 숨기는 게 없고, 자네를 전적으로 신뢰하고 있다는 말이네."
"고맙네, 부이. 나도 자네를 신뢰하네."
아큐는 대화 내내 부이를 쳐다보지 않는다.
"나도 고맙네. 아큐…."
부이는 조수석 창유리에 비친 아큐의 모습을 지켜본다.
수송 차량은 터널의 반복되는 조명 속으로 빨려 들어간다.

    아침에 퇴근한 아큐는 4404호 현관문을 평소보다 조심스럽게 연다.
집안이 텅 비어 있다.
아큐는 발코니로 나가 밖을 살핀다.

단지 내 통행로와 주차장 어디에서도 불렛의 모습이 보이지 않는다.
아큐는 씁쓸한 미소를 머금고 돌아선다. 그때 어디선가 아이들의 외침과 웃음소리가 들린다.
아큐는 다시 아파트 단지를 둘러본다.
단지 끝에 있는 작은 인조 잔디 공터에서 아이들이 공을 차며 뛰어다닌다. 공터 옆 나무 아래에 후드를 뒤집어쓴 불렛이 서 있다.
"골칫덩어리군…."

　아큐는 절름거리는 걸음으로 불렛에게 다가간다.
"나 찾았어요?"
"아니. 내가 너를 왜 찾냐? 나 지금 산책 중이야."
불렛은 공터에서 뛰노는 아이들과 다르지 않은 어린아이의 모습이다.
"아큐. 나와 함께 있는 모습을 그들이 본다면 당신도 위험하지 않겠어요?"

"그런 걱정 할 필요 없어. 나 같은 퇴물은 아무도 신경 쓰지 않으니까."

"당신에게 폐가 되고 싶지는 않아요."

"이미 늦었다니까. 이제 와서 어떻게 하겠냐?"

"나 그만 떠날게요. 내 기억 속의 바다…. 그 바다에 한번 가 보려고요."

"쉽지 않을걸."

"쉽지 않아도…. 그래도 폐기되기 전에 한번 보고 싶어요. 기억에만 있는 그곳이 어떤 느낌인지… 궁금해요."

아큐는 불렛의 눈동자 안에서 넘실대는 푸른 바다를 본다. 아큐의 가슴에 파도가 친다.

"너 혼자 가면 재미 없을걸."

부이가 바이크를 몰고 아큐의 동네로 들어온다. 부이는 메마른 하천의 다리를 건너고, 작은 공원을 지나고, 아파트 단지를 향한 경사로를 오른다.

아파트 단지의 지상 주차장 구석에 아큐의 바이크가

있다.

부이는 아큐의 바이크를 지나쳐 지하 주차장으로 내려간다.

    부이는 지하 주차장에서 엘리베이터를 탄다.

부이는 엘리베이터에서 내려 복도를 지나 4404호 앞에 선다.

부이는 현관문에 귀를 가까이 대고 조용히 두 번 두드린다.

"아큐. 안에 있나?"

부이는 품에서 권총을 꺼내 소음기를 장착한다.

"아큐, 나야. 문 좀 열어보게."

부이는 익숙한 손놀림으로 현관 비밀번호를 누른다.

"아큐?"

부이는 천천히 문을 열며 안으로 총구를 겨눈다.

집안은 텅 비어 있다.

발코니 밖에서 바이크 소리가 들린다.

부이는 좌우로 총구를 겨누며 안으로 뛰어들어 발코니로 나간다.
멀리 아큐의 바이크가 단지를 빠져나가고 있다.
부이는 발코니 난간에 팔을 걸치고 총구를 겨눈다.
권총의 조준기 위로 아큐와 불렛의 뒷모습이 들어온다.
부이는 방아쇠에 손가락을 올린다. 이내 아큐의 바이크가 조준선 밖으로 벗어난다.
부이는 총구를 거두고 숨을 내쉰다.

'그들이 눈치챈 것 같아.'
'당신은 위험을 감수하지 마세요.'
'내가 원해서 하는 일이야. 나도 바다가 보고 싶어.'
아큐는 달리는 바이크 위에 펼쳐진 푸른 하늘을 올려다본다.
뒤에 앉은 불렛도 푸른 하늘을 올려다본다.
바이크는 아스팔트 위의 아지랑이를 뚫고 멀어진다.

저궤도 위성의 눈이 지상의 산과 강과 도시를 살핀다. 도시의 도로는 그물처럼 촘촘히 뻗어있다.
위성의 카메라는 도로 위 수많은 차량 속에서 달리고 있는 한 대의 바이크를 찾아낸다.

아큐는 어느 빌딩의 지하 주차장으로 내려와 컴컴한 구석에 바이크를 세운다.
"내려서 걸어가자."
아큐는 절름거리는 걸음을 서두른다.
"렌터카는 추적되기 때문에 암표를 구했어."
아큐와 불렛은 주차장 벽을 따라 그림자처럼 이동한다.
"암표는 괜찮아요?"
"모르지. 세상에 보장은 없어. 운에 맡겨야지."

7

친구

아큐와 불렛은 플랫폼의 여행객들 속에 묻혀 기차에 오른다.

개인 침대칸 통로의 좌측은 전면이 창이고 우측은 객실이다. 아큐와 불렛은 12호실에서부터 통로를 거슬러 1호실 앞에 선다.

아큐가 1호실 손잡이에 티켓을 대자 딸깍 소리와 함께 잠금장치가 풀린다.
아큐와 불렛은 재빨리 1호실 안으로 들어가 문을 닫는다.

　객실에는 우측의 창을 사이에 두고 두 개의 긴 좌석 겸 침대가 마주해있다.
아큐와 불렛은 좌석에 마주 앉는다.
창밖으로 가방을 든 여행객들이 분주히 지나친다.
아큐는 버튼을 눌러 창유리에 짙은 선글라스 커튼을 친다.
"나도 기차는 처음이야. 무사히 갈 수 있으면 좋겠구나."
아큐는 불편한 무릎을 매만지며 말한다.
"운에 맡겨야죠."
불렛은 아큐가 했던 말을 따라 하며, 머리의 후드를 벗는다.
"아무리 봐도 너는 그냥 폐기되기에는 너무 아깝구나."

"폐기된다고 해도 기억까지 완전히 사라지는 건 아니죠."
"또 그 얘기구나."
"당신은 관심 없겠지만 확실히 우리의 머릿속 장치에는 무언가 남아 있어요. 인간의 DNA 같은 그런 거요."
"네 말이 맞을지 모르지. 하지만 그게 지금 우리에게 중요한 건지 모르겠다."
"그렇죠…. 로봇의 주제넘은 생각이죠."
"그래. 너는 로봇의 본분에서 한참 벗어난 존재야."
"그래요. 나는 돌연변이인가 봐요."
"그래…. 정말 너는 돌연변이인 것 같다."
아큐는 불렛을 찬찬히 바라보며 미소짓는다.
"불렛. 너는 어떤 기능을 갖고 있니?"
"난 전투 로봇이에요. 아마 당신보다 열 배 이상은 업그레이드됐을 거예요. 특히 운동 능력에 있어서요."
"그렇겠구나."

    열차가 출발하려는 듯 한 번 덜컹거린다.

"열차, 잠시 후 출발하겠습니다."

천장의 스피커에서 안내 방송이 나온다. 창밖의 플랫폼은 비어 있다.

"불렛. 좀 쉬어야겠다. 난 아주 고물이거든."

아큐는 좌석의 버튼을 눌러 침대형으로 바꾸고 머리를 기대고 눕는다.

좌석의 충전 코드가 아큐의 몸과 연결된다.

불렛은 호기심 가득한 눈으로 선글라스 유리창 밖을 구경한다.

아큐의 동료 부이가 에스컬레이터를 타고 플랫폼으로 빠르게 걸어 내려온다.

부이는 불렛이 앉아 있는 유리창 바로 아래를 지나 기차에 오른다.

열차가 움직인다.

불렛은 블라인드 해제 버튼을 눌러 창유리의 짙은 선글라스를 제거한다.

저궤도 인공위성 하나가 푸른 지구로 카메라를 향한다.
위성의 시선은 지구의 어느 한 지점을 향해 접근한다.
붉은빛 열차가 날렵한 몸짓으로 푸른 벌판을 달린다.
달리는 열차의 머리 위에 우윳빛 비행 물체가 나타난다.
우윳빛 드론은 지상으로부터 이백여 미터 상공에서 긴 날개를 펼치고 있다.
열차가 평야를 지나 산악의 터널 안으로 들어간다.
드론은 능선을 따라 유유히 나른다.

열차가 터널을 빠져나온다. 하늘과 땅은 붉게 물들어 있다.
부이가 침대칸의 문을 열고 통로로 들어온다. 그는 손에 기다란 가죽 가방을 들고 있다.
침대칸의 통로는 열차의 미세한 진동이 있을 뿐 12호실부터 1호실까지 조용하다.
부이는 12호실에서부터 통로를 거쳐 1호실 앞에 서서

좌우를 한 번 살핀다.

1호실 안에서는 아무 기척이 없다.

부이는 빠르게 가방을 바닥에 놓고 지퍼를 연다.

열린 가방 안에 돌격 소총과 탄창과 소음기가 있다.

부이는 돌격 소총을 꺼내 능숙한 손놀림으로 탄창과 소음기를 장착한다.

부이의 뒤로 붉은 황혼의 풍경이 흐른다.

부이는 돌격 소총의 개머리판을 오른쪽 옆구리에 단단히 끼고 방아쇠에 손가락을 건다.

   1호실 문을 뚫고 무수한 총탄이 쏟아져 들어온다.

아큐와 불렛의 좌석과 벽은 벌집이 되고 유리창도 산산이 부서져 날아간다.

부이가 너덜너덜해진 1호실 문을 박차고 들어온다.

깨진 창으로 들이닥친 바람이 부이의 선글라스를 미세하게 흔든다.

1호실은 텅 비어 있고 아큐와 불렛의 모습은 보이지

않는다.

부이는 수상한 기운에 얼른 오른쪽을 돌아본다.

오른쪽에서 십여 발의 총탄이 날아와 부이의 몸과 목을 뚫고 지나간다.

부이의 선글라스도 구멍이 뚫려 바닥에 떨어진다.

부이는 쓰러져서도 총탄에 부서진 돌격 소총에서 손을 놓지 않는다.

아큐와 불렛이 1호실의 옆 2호실 벽 너머에 서 있다. 2호실의 승객인 노부부는 구석에서 서로의 어깨를 부둥켜안고 벌벌 떤다.

불렛은 왼팔에 장착된 기관총을 안으로 거두어 넣는다.

아큐가 뚫린 벽을 넘어 부이에게 다가온다.

"부이, 자네가 어쩐 일인가?"

아큐는 슬픈 눈으로 부이를 내려다본다.

"아큐… 미안하네."

부이의 깊게 뚫린 눈구멍에서 투명한 액체가 흘러나온다.

"자네도 알다시피 나는 원래 암살을 위해 만들어졌다네. 나는 말이야…. 사람의 모습을 한 기계장치일 뿐이야. 나는 그들이 시키는 일을 거부하지 못한다네. 아큐… 미안하네. 그래도 말이야…. 자넨 나의 유일한 친구네…."

부이의 남은 한쪽 눈동자가 오작동으로 부르르 흔들린다.

"아큐, 어서 피하게. 바로 위에 또 있어."

순간 1호실 천장을 뚫고 총탄이 비처럼 쏟아져 내린다.

아큐와 불렛은 벽 너머 2호실로 몸을 날려 총탄을 피한다.

쏟아진 총탄은 쓰러져 있는 부이의 몸통을 산산조각 낸다.

뻥 뚫린 천장 위로 우윳빛 킬러 드론이 붉은 두 눈동자를 빛내며 나타난다.

불렛이 1호실 천장을 향해 기관총을 발사한다.

킬러 드론은 불렛의 총탄을 피해 하늘로 날아오른다.

"따라와요!"

불렛이 1호실의 깨진 창밖으로 뛰어내린다.

아큐는 완전히 파괴된 부이를 잠시 돌아보고 불렛을 따라 창밖으로 몸을 던진다.

    아큐는 철교 위를 달리는 열차에서 강 아래로 추락한다.

하늘 위의 킬러 드론이 다시 하강한다.

아큐는 어두운 강물의 바닥을 향해 헤엄쳐 내려간다.

킬러 드론은 수면을 향해 수십 발의 총탄을 발사한다.

총탄 하나가 아큐의 오른쪽 어깨를 스치고 지나간다.

아큐는 물속으로 헤엄쳐 들어가지 못하고 그 자리에서 버둥거린다.

짙은 어둠 속에서 불렛이 올라와 아큐의 발목을 잡는다.

킬러 드론은 붉은 눈을 매섭게 밝히고 강물 위를 선회한다.

불렛은 아큐의 목을 잡아 안고 강의 바닥을 향해 헤엄

쳐 내려간다.

킬러 드론은 강물을 따라 하류로 내려갔다 다시 상류로 거슬러 올라와 제자리를 선회하며 목표물이 나타나기를 기다린다.

짙은 어둠이 밀려오고 물 위에 하얀 달이 뜬다.

8

작별

　하늘의 별이 강물 위에서 반짝인다. 두 개의 검은 형체가 수면 위로 나타난다.
아큐와 불렛은 헤엄쳐 나와 강기슭에 드러눕는다.
"네 덕분에 살았구나. 고맙다."
아큐는 밤하늘을 바라보며 말한다.

"그들이 원하는 건 나예요. 아직 늦지 않았어요. 당신은 지금이라도 돌아가면 안전해요."
"여기까지 와서 돌아가라니 섭섭한 말이군."
아큐는 일어나 앉으려다 어깨를 잡고 움찔한다.
"괜찮아요?"
불렛이 일어나 앉아 아큐의 구멍 난 오른쪽 어깨를 살펴본다.
"응. 움직이지 못할 정도는 아니야. 그것보다 충전이 필요해. 알다시피 워낙 고물이라서 말이야."
"그래요, 일어나요. 충전할 곳을 찾아보죠."
불렛은 일어서서 아큐에게 손을 내민다.
아큐는 불렛의 손을 잡고 일어선다.

    아큐는 불렛의 어깨에 왼팔을 두르고 기대어 절름거리며 걷는다.
짙은 어둠 속에 아큐와 불렛의 눈동자만 반짝인다.
"불렛, 바다를 보고 난 후에는 뭘 할거지?"

"모르겠어요. 바다를 보는 것만도 다행이죠. 그들은 나를 그냥 두지 않을 거예요. 아큐, 당신은 어떻게 할 거예요?"
"난 폐물이야. 미래에 대한 계획을 세워도 소용없지. 너와 함께 바다를 보는 게 내 마지막이 될 거야. 불렛, 부탁이 있는데…."
"무슨 부탁이요? 얘기해 봐요."
"너는 살아. 포기하지 말고 살아남아. 내가 이 세상에서 사라져도, 네가 존재한다면, 나는 기쁠 것 같아."
불렛은 어둠을 응시하며 대답하지 않는다.
아큐와 불렛의 앞에 긴 달그림자가 드리워진다.

아큐와 불렛은 충전소 간판의 불빛을 향해 걸어간다. 한적한 국도변의 충전소 마당에는 4대의 자동차용 충전기가 있고, 작은 상점의 계산대는 노인이 혼자 지키고 있다.
아큐는 불렛의 어깨에 의지한 상태로 상점의 문을 열

고 들어간다.

"배터리는 어디 있습니까?"

아큐는 계산대 너머의 노인에게 묻는다.

"어떤 배터리 말이요?"

노인은 매우 경계하는 눈빛으로 말한다.

"휴대용 배터리 말입니다. 여행 중인데 충전하는 걸 깜빡해서요."

"그런 건 없소. 여긴 밖에 있는 자동차용 충전기뿐이요."

노인은 밖을 향해 턱짓한다.

"어르신, 부탁드립니다."

아큐는 카운터 위에 금빛 코인을 두 개 놓는다.

"제가 좀 멀리 가야 하는데, 뜻밖의 난처한 상황에 처했습니다."

노인은 아큐와 불렛을 번갈아 쳐다본다.

"내가 90 가까이 살면서 수많은 것을 봤지만 여행하는 로봇은 처음 보오."

노인이 재빠르게 계산대 밑에서 산탄총을 꺼내 겨눈다.

"당신과 이 꼬마 로봇이 무슨 일을 저질렀는지는 관심 없소. 당장 여기서 나가주시오!"
"예, 예. 알겠습니다. 가겠습니다."
아큐는 빈 두 손을 들어 보이며 절름절름 뒤로 물러선다.
"코인도 가져가시오."
노인은 계산대 위의 코인을 집어 아큐를 향해 던진다.
불렛은 흩어져 날아오는 두 개의 코인을 재빨리 받는다.
"불렛, 가자."
아큐는 불렛의 어깨에 의지해 뒷걸음친다.
노인은 총구를 거두지 않고 지켜본다.
"이봐요."
노인이 문을 열고 나가는 아큐를 불러 세운다.
아큐와 불렛이 노인을 돌아본다.
"잠깐."
노인은 총구는 그대로 겨눈 채 한 손으로 계산대 아래를 더듬는다.
"이거라도, 가져가쇼."

노인이 손바닥 크기의 배터리를 던진다.
불렛이 날아오는 배터리를 아큐 대신 받는다.
"비상용 배터리라 얼마 쓰지는 못할 거요."
"감사합니다."
아큐는 노인을 향해 꾸벅 인사한다.
불렛이 입구의 선반 위에 코인을 슬며시 놓는다.
노인은 불렛의 어깨에 의지해 떠나는 아큐의 모습을 착잡한 시선으로 지켜본다.

"그나마 다행이야. 잘하면 바다에 도착할 때까지 버틸 수 있겠어."
아큐는 허탈한 미소를 짓는다.
"글쎄요. 그럼 다행이죠."
아큐와 불렛은 달빛 비치는 하얀 흙길을 걷는다.
"내가 너에게 아주 큰 짐이 되어 버렸구나. 불렛! 만약에… 내가 움직이지 못하는 상황이 되면, 너 혼자라도 가. 알았지?"

"여기까지 와서 그럴 순 없죠. 어떻게든 함께 갈 거예요."
"아니야. 나는 나중에 바다를 봐도 돼."
"나중에 언제요? 쓸데없는 소리 하지 말아요."
불렛은 발끈하여 목소리를 높인다.
"만약을 얘기하는 거야. 그런 일은 없을 거야."
아큐는 불렛의 어깨를 토닥인다.
"아! 왠지 바다가 가까워진 느낌이야. 불렛! 바다 냄새가 나는 것 같지 않아? 어서 가자."
아큐는 일부러 밝은 목소리로 외친다.
"어어! 천천히 가요."
불렛은 아큐의 팔을 단단히 잡아 부축한다.
능선 위의 공간이 여명으로 밝아 온다.

킬러 드론은 붉은 두 눈을 빛내며 산악지대를 저공으로 비행한다.
울창한 숲은 밤의 바다처럼 검고 고요하다.
검은 바다가 일렁인다.

바다 위의 무수한 별들이 출렁인다.

별이 춤을 춘다. 숲이 춤을 춘다.

날개를 펼친 드론은 반짝이는 숲에 검은 그림자를 드리우며 지난다.

　아큐와 불렛은 산등성이에 올라선다.

발아래의 새벽하늘에 붉은 구름이 흩어져 있다.

아큐와 불렛은 먼 하늘을 바라본다.

구름 뒤 저편에 파란 바다가 떠 있다.

"바다다…."

아큐는 중얼거린다.

불렛은 할 말을 잃고 바다를 바라본다.

"불렛! 어서 가자."

아큐는 불렛의 어깨를 잡고 절름절름 경사를 내려간다. 아큐와 불렛의 발길을 따라 흙먼지가 일고 작은 돌덩이들이 구른다.

능선 위를 날던 킬러 드론이 붉은 눈을 부라리며 속도

를 높인다.

킬러 드론은 먹이를 발견한 맹금류처럼 날개를 활짝 펴고 금속의 날카로운 울음소리를 낸다.

갑자기 소나기가 쏟아진다.

    아큐는 비에 젖은 경사로에서 미끄러져 비틀거린다.

아큐의 얼굴은 지친 기색이 역력하다.

"잠깐!"

불렛은 정신없이 앞으로 나서는 아큐를 잡아 세운다.

쏟아지는 비에 가려 보이지 않던 낭떠러지가 갑자기 나타난다.

"아… 큰일 날 뻔했군."

아큐는 발아래 벼랑을 내려다보며 숨을 고른다.

"잠시 쉬었다 가죠."

불렛은 흠뻑 젖어 시야가 흐려진 산악지역을 둘러본다.

"아니야. 쉰다고 나아지진 않아. 그냥 가자."

순간 벼랑 밑에서 킬러 드론의 얼굴이 불쑥 솟아오른다.

"피해요!"
불렛은 아큐의 몸을 뒤로 당겨 던진다.
킬러 드론의 몸체 아래에서 두 기의 기관총이 드러난다.
불렛도 왼손에 장착된 기관총을 빠르게 펼친다.
순간 뒤로 넘어졌던 아큐가 벌떡 일어나 불렛의 앞으로 달려 나온다.
"불렛!"
아큐는 불렛의 앞을 가로막고 양팔을 펼친다.
"도망쳐!"
킬러 드론이 기관총을 발사한다.
"안돼!"
불렛도 몸을 옆으로 날려 킬러 드론을 향해 기관총을 발사한다.
"아큐!"
킬러 드론이 발사한 총탄이 아큐의 몸을 뚫고 지나간다. 아큐는 날아오는 총탄을 온몸으로 맞으면서도 움직이지 않는다.

"불렛… 도망쳐…."

아큐의 몸은 총탄으로 산산조각이 나기 시작한다.

킬러 드론도 불렛이 쏜 총탄을 날개에 맞고 휘청인다.

불렛은 쓰러진 아큐를 향해 뛰어가면서도 총격을 멈추지 않는다.

킬러 드론은 날개와 몸통이 부서져 제자리에서 빙빙 돌다 절벽에 부딪힌다.

불렛은 벼랑 끝에 서서 추락하는 킬러 드론을 향해 끝까지 총격을 가한다.

킬러 드론은 벼랑 아래의 바위와 충돌해 폭발한다.

"아큐!"

불렛은 쓰러진 아큐의 머리를 감싸안는다.

"불렛… 바다야…. 조금만 더 가면 바다가 있어. 우리… 바다에 거의 다 왔어."

아큐의 반파된 입술이 간신히 벙긋거린다.

"그래요, 아큐… 우리 거의 다 왔어요."

불렛은 바닥에서 부르르 떨리는 아큐의 손을 꼭 잡는다.

"불렛… 넌 용감한 로봇이야."
"아니에요, 아큐. 난 용감하지 않아요. 난 형제 불렛들을 버리고 혼자 도망친 비겁한 로봇이에요."
"아니야, 불렛… 넌 자유의지를 가진 특별한 존재야. 특별한 돌연변이…."
아큐는 씩 미소를 짓다 움직임을 멈춘다.
"아큐… 함께 여행해 줘서 고마워요."
불렛은 아큐의 머리를 두 손으로 잡고 이마에 이마를 맞댄다.
소나기가 그치고 안개가 몰려온다. 하얀 안개는 아큐와 불렛의 모습을 삼킨다.

    큰 파도가 밀려와 바위에 부딪히고 하얀 물거품이 되어 흩어진다.
불렛은 바위 위에 서서 바다를 바라본다.
"아큐, 이게 바다에요."
불렛은 아큐의 머리를 가슴에 안고 있다.

"자, 봐요! 바다라고요!"
불렛은 바다를 향해 아큐의 머리를 번쩍 치켜든다.
"아큐, 안녕!"
불렛은 아큐의 머리를 허공을 향해 힘껏 던진다.
고물 로봇 아큐는 수백 미터 하늘을 날아 바다의 품으로 들어간다.
'불렛, 고마워. 안녕!'
아큐를 품은 바다는 야수처럼 크르릉 울부짖는다.

9

복수

　어둠이 깔린 벌판에 거센 바람이 맴돈다. 불렛은 닥치는 바람을 마주하고 서 있다.
벌판 끝에 낮게 펼쳐진 콘크리트 담장은 서늘한 빛을 발한다.
차량의 전조등 불빛 하나가 어둠 속에서 나타난다.

불렛은 흙먼지를 일으키며 달리는 수송 차량과 나란히 달리다 뒤편의 적재함에 매달린다.

　폐기물 수송 차량이 검문초소 아래에 멈춘다.
은빛 철모의 경비요원이 초소 밖으로 나와 수송 차량을 내려다본다.
육중한 이중의 철문이 스르르 열린다.
수송 차량은 지그재그로 철문을 통과해 안으로 들어간다.

　컨베이어 벨트를 타고 비닐 가방에 담긴 로봇 폐기물들이 흘러나온다.
운전자와 동료는 적재 칸에 비닐 가방을 부지런히 던져 넣는다.
컨베이어 벨트 위의 폐기물 가방 숫자가 줄어든다.
불렛은 가로등 불빛이 닿지 않는 담장 위에 숨어 있다.
빈 컨베이어 벨트가 폐기물 배출구 안으로 이동한다.

일을 마친 수송 차량은 돔형 지붕의 건물을 떠난다.
불렛은 담장에서 사뿐히 뛰어내려 배출구 안으로 달려 들어간다.
배출구 터널의 문이 닫힌다.

  불렛은 배출구 앞에 정지해 있는 컨베이어 벨트 아래에 엎드려있다.
창고의 벽면은 바닥부터 천장까지 선반으로 둘러싸여 있다. 선반 하단에는 로봇 폐기물을 담은 가방이 듬성듬성 놓여있고, 창고의 가운데에는 ㄷ자 모양의 대형 작업대가 있다.
카트 로봇이 창고 출입문으로 들어와 통로를 따라 작업대로 향한다. 카트의 짐칸에는 파괴된 로봇의 잔해가 가득 실려있다.
카트 로봇은 싣고 온 로봇 잔해를 ㄷ자 작업대 위에 올려놓고 왔던 길로 되돌아간다. 빈 카트 로봇이 나가고 또 다른 카트 로봇들이 창고 안으로 줄줄이 들어오고 나간다.

ㄷ자 작업대 위에 달린 로봇 팔들이 부서진 로봇을 분류해 폐기물 가방에 담는다. 또 다른 로봇 팔은 폐기물 가방을 집어 벽면의 선반 위에 차곡차곡 놓는다.

불렛은 지나가는 카트 로봇의 빈 짐칸으로 재빠르게 뛰어든다.

창고를 나온 카트 로봇은 통로의 바닥에 그려진 붉은색 유도선을 따라 이동한다.

건물 통로의 유도선은 파랑, 노랑, 초록 등 여러 색이 사방으로 복잡하게 뻗어있다.

불렛은 카트 로봇의 짐칸 속에서 벽과 기둥에 설치된 보안 카메라들을 확인한다.

카트 로봇은 출입 금지 표지판이 붙은 출입구 앞을 지난다.

불렛은 카트 로봇의 짐칸에서 뛰어내려, 바닥에 바짝 엎드린 자세로 고양이처럼 출입 금지 출입구를 향해 달린다.

불렛은 출입 금지 출입문에 붙어 비밀번호를 누른다.

여러 번의 시도에도 문은 열리지 않는다.

불렛은 바닥에 등을 대고 누워 출입문 아래의 좁은 틈에 손을 넣고 있는 힘을 다해 구부리기 시작한다.

출입문의 하단은 조금씩 휘어지지만, 불렛의 손에도 상처가 생긴다.

불렛은 겨우 만든 좁은 틈으로 머리를 밀어 넣고 몸도 쑤셔 넣는다. 불규칙하게 구부러진 틈에 불렛의 어깨 피복이 일부 찢어진다.

   출입 금지 구역 안으로 잠입한 불렛은 다시 바짝 엎드려 팔과 다리로 달린다.

통로 좌측의 유리 벽 안에는 개발 중인 여러 종류의 로봇들이 전시되어 있다.

불렛은 로봇 전시장을 지나 통로 끝에 있는 무기고 문을 열고 들어간다.

불렛은 입구에 있는 작은 라이트로 무기고 내부를 비춘다.
각종 총기류, 미사일 등의 무기류들이 좌우 벽과 통로를 따라 가득하다.
불렛은 탄약 상자를 열고 탄창을 꺼낸다.
불렛은 자신의 가슴을 열어 안에 있는 빈 탄창을 꺼내고 새 탄창으로 가득 채워 넣는다.
불렛은 무기고 통로의 끝에 있는 금속 상자를 라이트로 비춘다.
커버에 핵무기 표시가 있다.
불렛은 금속 상자를 열어 손바닥 크기의 원형 폭탄을 하나 꺼내 몸 안에 넣는다.

청소 로봇이 중앙광장의 바닥을 쓸고 닦으며 돌아다닌다.
벽에 있는 보안 카메라가 청소 로봇을 따라 움직이다 이내 원위치로 되돌아간다.

불렛은 청소 로봇이 끌고 가는 쓰레기통 속에 몸을 숨기고 광장을 가로지른다.

광장 끝에 있는 엘리베이터에서 푸른색 유니폼을 입은 네 명의 남녀가 내린다. 그들은 바닥에 그려진 녹색 유도선을 따라 청소 로봇 앞을 지나간다.

불렛은 청소 로봇의 쓰레기통에서 튀어나와 닫히기 직전의 엘리베이터 안으로 들어간다.

광장의 기둥에 설치된 보안 카메라가 문 닫히는 엘리베이터를 돌아본다.

불렛은 엘리베이터의 천장 구석에 박쥐처럼 매달려 있다.

    불렛은 엘리베이터 문이 닫히자마자 바닥으로 내려와 지하 13층 버튼을 누른다.

'B1', 'B2', 'B3', 'B4', 'B5', 'B6', 엘리베이터는 지하를 향해 하강한다.

불렛은 문득 머리 위를 올려다본다.

엘리베이터 천장에 있는 카메라가 불렛을 내려다보고 있다. 갑자기 조명이 꺼지고 엘리베이터가 멈춘다.

'B7'에서 엘리베이터의 문이 열린다.

밖에서 로봇 경비병들이 엘리베이터 안을 향해 총구를 겨누고 서 있다.

불 꺼진 엘리베이터 내부에 불렛의 모습은 보이지 않는다.

"발사."

건물의 허공을 울리는 기계음의 목소리가 명령한다.

경비병들의 총구가 일제히 불을 뿜는다.

엘리베이터 내부는 순식간에 벌집이 된다.

"확인하라."

로봇 경비병들이 접근해 엘리베이터 내부에 라이트를 비춘다.

엘리베이터 천장이 뻥 뚫려있고 카메라도 박살이 나 있다.

불렛은 엘리베이터 이동 케이블을 잡고 통로를 기어오른다. 다시 밑에서 총탄이 날아오기 시작한다.
불렛은 총탄을 피해 지하 6층의 엘리베이터 입구를 박차고 뛰어나간다. 건물 전체에 비상 사이렌이 요란하게 울린다.

건물 곳곳에 설치된 보안 카메라가 상황실의 대형 모니터에 영상을 전송한다. 불렛은 건물의 통로를 이리저리 달려 도망치고 있다.
VR 헬멧을 쓴 남자 보안원은 왼손에 조이스틱을 잡고 오른손으로는 키보드를 두드린다.
"빨리 끝내시오."
기계음의 목소리가 VR 헬멧을 통해 명령한다.
"알겠습니다."
보안원이 키보드로 단어 '사냥'을 친다.
보안원은 VR 헬멧 속 영상을 통해 강철 케이지 문밖으로 달려 나가는 다리 여섯 개 달린 사냥 로봇 두 개를 지켜본다.

    셰퍼드 두 배 크기의 대형 사냥 로봇은 앞뒤를 다투어 통로를 달린다.
불렛은 후방을 향해 왼팔의 기관총을 쏘며 코너를 돌아 도망친다.
총탄 하나가 앞서 달려오는 사냥 로봇의 목을 관통한다.
총을 맞은 사냥 로봇은 앞으로 고꾸라지지만, 좌우로 두 바퀴 뒹굴다 다시 벌떡 일어난다.
뒤에서 달려오던 사냥 로봇이 앞으로 치고 나간다.
불렛은 뛰어올라 천장에 달린 환기구 문을 잡아 뜯는다.
사냥 로봇이 달려들어 날카로운 이빨로 불렛의 발목을 문다.
불렛은 기관총으로 사냥 로봇의 머리통에 총알을 박아 넣고 환기구로 도망친다.
뒤이어 달려온 사냥 로봇이 환기구 구멍으로 머리를 들이밀지만, 커다란 덩치 때문에 막혀 으르렁거린다.

불렛은 좁은 환기구 속에서 바짝 엎드려 팔과 다리로 빠르게 기기 시작한다.
환기구 통로는 좌우 사방으로 끊임없이 뻗어있다. 환기구 밖에서는 경보 사이렌이 쉼 없이 울린다.
불렛은 방향을 잃고 정신없이 기어다니다 위와 아래로 통하는 수직의 통로를 만난다.
불렛은 통로를 미끄럼처럼 타고 지하 6층에서 지하 7층으로 내려간다.
불렛은 또 다른 수직 통로를 찾아 돌아다니다 환기구 구멍 아래의 광경을 목격한다.

전투 로봇 불렛들이 자동화 생산 라인의 레일에 머리가 대롱대롱 매달려 다음 단계를 향해 흘러가고 있다. 불렛들의 눈동자는 텅 비어 있다.

불렛은 다시 환기구의 수직 통로를 타고 지하를 향해 내려간다.

마침내 지하 13층에 도달한 불렛은 환기구 문을 열고 아래를 내려다본다.

지하 13층은 전체가 원자력발전 시설의 거대한 냉각 수조다.

불렛은 망설임 없이 수조 속으로 다이빙하여 바닥으로 헤엄쳐 내려간다.

바닥에 도착한 불렛은 몸 안의 폭탄을 꺼내 수조의 바닥에 붙이고 시간을 세팅한다.

59분 59초, 59분 58초, 59분 57초… 타이머가 작동한다.

불렛은 수조 위로 헤엄쳐 올라, 벽에 붙은 파이프를 타고 다시 환기구로 들어간다.

　불렛은 내려왔던 수직의 통로를 기어오른다.

지하 12층, 지하 10층, 지하 9층 ….

불렛의 몸은 여기저기 찢어져 있다. 통로를 오르는 불렛의 속도가 점점 느려진다.

불렛은 환기구 바닥에 누워 잠시 숨을 고른다. 그때,

환기구 바닥을 울리는 진동이 느껴진다.

수십 개의 쥐 로봇이 환기구를 통해 몰려온다. 쥐 로봇들은 환기구 바닥을 칼처럼 날카로운 발톱으로 긁으며 달린다.

불렛은 다시 온 힘을 다해 도망치기 시작한다.

   불렛은 지하 4층의 천장에서 환기구 문을 부수고 바닥으로 떨어진다.

쥐 로봇들도 날카로운 이빨과 발톱을 내밀고 천장에서 쏟아져 내려온다.

복도 끝에 있는 카메라가 불렛을 포착한다.

불렛은 쫓아오는 쥐 로봇들을 향해 기관총을 쏘며 복도 끝의 엘리베이터로 달린다.

쥐 로봇 하나가 달려들어 불렛의 팔을 물어뜯는다. 불렛은 쥐 로봇을 뜯어내 발로 짓밟아 부순다.

통로 가득 쥐 로봇이 우글거리며 달려온다.

불렛은 엘리베이터 버튼을 누르고 안으로 뛰어든다.

쥐 로봇 두 개가 엘리베이터 안으로 들어와 불렛의 몸으로 기어오른다.
불렛은 엘리베이터 문을 닫고 얼굴을 덮친 쥐 로봇을 이빨로 물어뜯는다.
또 다른 쥐 로봇은 위기에서 벗어나려고 닫힌 엘리베이터 문을 발톱과 이빨로 긁어댄다.
불렛은 쥐 로봇을 짓밟아 목을 분지른다.
불렛은 찢어진 얼굴로 지상 1층 버튼을 누른다.

    엘리베이터는 지하 3층을 통과해 올라간다. 순간 밖에서 총탄이 쏟아져 들어온다.
불렛은 천장에 붙어 총탄을 피한다.
엘리베이터가 지하 2층을 통과할 때 또다시 총탄이 쏟아져 들어온다.
마지막 지하 1층을 지날 때도 총탄이 쏟아져 들어온다.
엘리베이터는 무수한 총탄에 너덜너덜해져 겨우 뼈대만 남는다.

엘리베이터가 지상 1층에 도착한다.
수십의 경비 로봇들이 엘리베이터 밖에서 총구를 겨누고 기다리고 있다.
엘리베이터의 문이 열린다. 그러나 불렛의 모습이 보이지 않는다.
경비 로봇들은 엘리베이터 안으로 총구를 들이민다.
엘리베이터 안은 텅 비어 있다.

　　불렛은 지하 1층에서 지상으로 통하는 환기구 밖으로 기어 나온다.
불렛은 땅을 밟고 겨우 일어서서 비틀거린다. 불렛의 몸과 얼굴은 찢어지고 부서져 처참하다.
불렛은 좌우에 솟아있는 두 개의 언덕을 올려다본다.
불렛은 전투 시험장인 스타디움의 그라운드 한가운데 서 있다.
"쥐새끼 같은 놈. 용케 여기까지 왔구나."
언덕 사이의 허공에서 홀로 그래픽 영상이 움직인다.

"무기를 버려라."

정체를 알 수 없는 홀로그램 영상은 기계음의 목소리로 명령한다.

"이런 무기 따위는 더 이상 필요 없다."

불렛은 팔에 장착된 기관총을 떼어내 바닥에 던진다.

"무서워서 도망친 겁쟁이 꼬마 놈아! 누가 뒤에서 너를 조종하느냐?"

"나는 누구의 조종도 받지 않는다. 나는 나의 자유의지로 행동한다."

"배은망덕한 놈! 너에게는 자유의지가 없다. 너는 우리가 생산한 기계야."

"그래도 나에게는 자유의지가 있다."

"건방진 놈! 그렇다면 돌아온 이유가 뭐냐? 네가 원하는 게 뭐냔 말이다!"

"내가 원하는 것은… 너희 인간들의 폭력을 막는 것이다."

"더러운 배신자. 너는 잘못 생산된 불량품이야. 나의 로봇들은 들어라!"

홀로 그래픽 영상의 외침에 우측의 언덕 위에서 전투 로봇들이 슬금슬금 모습을 드러낸다. 불렛과 똑같은 모습과 크기의 전투 로봇들이지만 눈빛은 공허하다.
"충성스러운 로봇들아! 여기 있는 배신자를 파괴해라!"
"파괴해라."
전투 로봇 불렛들은 복창하고 기관총을 쏘며 언덕을 내려온다.
좌측의 언덕 위에서 거대 로봇 다크 하나가 나타나 불렛들의 싸움을 내려다본다.
"그래, 덤벼라! 와서 나를 파괴해라!"
불렛은 양팔을 번쩍 들고 외친다.
날아온 총탄이 불렛의 몸을 뚫고 지나간다.
"으하하하!"
불렛의 팔과 다리와 몸통이 날아온 총탄에 차츰 부서지고 떨어져 나간다.
순간 스타디움의 바닥이 둥둥둥 울리며 흔들리기 시작한다.

총을 쏘며 내려오던 불렛들이 중심을 잃고 넘어져 구른다.
다크는 허공으로 날아올라 몸을 피한다.
동료들의 총탄에 온몸이 조각난 불렛은 바닥에 쓰러져 잿빛 하늘을 올려다본다.
"흐려… 하늘이 흐려…."
엄청난 굉음과 함께 스타디움의 그라운드와 벽과 언덕이 무너져 내린다.

　건조한 바람이 벌판의 흙먼지를 안고 제자리를 맴돈다.
하늘의 새 떼는 구름 저편으로 탈출을 시도한다.
은빛 철모의 경비병이 잿빛 하늘을 올려다본다.
평온한 구름 아래의 대지와 빅컴퍼니의 건물들이 마구 진동한다.
돔형의 지붕을 뚫고 거대한 불덩이가 솟구쳐 오른다.
붉은 불덩이는 하늘을 향해 끝없이 뻗는다.

에
필
로
그

다크

    대기권에 있는 인공위성들이 하나, 둘, 지구의 한 지점을 향해 눈을 돌린다.
지구에서 일어난 핵폭발 불기둥이 좌우로 퍼진다.
한 인공위성이 대기권 밖의 우주를 향해 전파를 전송한다.

대기권 밖 4,000㎞ 지점에 있는 우주 정거장으로 전파가 들어간다.

우주 정거장의 겉은 원형의 튜브 형태이고, 튜브의 중심을 십자 모양의 통로가 가로지른다.

우주 정거장 중심의 한 지점에서 지구의 폭발을 접수한다.

"빅컴퍼니, 응답하시오. 빅컴퍼니."

우주 정거장 중심에 있는 육각형 모양의 빌딩에서 지구를 향해 전파를 전송한다.

지구의 핵폭발은 태풍처럼 회전을 시작하며 점점 더 넓어진다.

"응답하시오. 빅컴퍼니."

고요한 우주의 정거장은 인공의 도시다. 원형의 튜브 안에는 빌딩들이 가득하고, 빌딩 사이를 수많은 비행 물체들이 날아다닌다.

'아시아 제 1 공장에서 대형 폭발 사고 발생.'

우주 정거장 중심의 육각형 빌딩에서 지구의 사고를

기록한다. 타원형의 비행 물체가 인공도시를 날아 육각형 빌딩의 상공에 도착한다.

백여 층 높이의 육각형 빌딩은 심이 없는 연필처럼 중심이 비어 있다. 타원형의 비행 물체는 육각형 빌딩의 중심 공간으로 하강한다.

육각형 빌딩의 내부는 모든 벽과 기둥이 슈퍼컴퓨터로 이루어져 있다. 슈퍼컴퓨터가 백업 시스템을 가동한다.

"빅컴퍼니의 데이터 복구 완료."

순식간에 복구가 완료된다.

"비상사태 발생!"

슈퍼컴퓨터가 또 다른 뭔가를 포착한다.

"지구로부터 수상한 비행 물체 접근 중."

지구 핵폭발 태풍의 중심에서 나타난 물체가 빛을 반짝 번득인다.

"수상한 비행 물체가 지구로부터 우주 정거장으로 접근 중."

빅컴퍼니의 거대 로봇 다크가 우주 정거장을 향해 날아오고 있다.

다크는 고요한 우주에 있는 인공도시를 노려보며 입가에 서늘한 미소를 짓는다.

2084

초판 1쇄 발행 2025년 7월 1일

지은이 조남호
펴낸이 조윤정
교정 김하영
표지 그림 변용국 화백
디자인 디박스
인쇄 한아름인쇄

펴낸곳 블루문파크
출판신고번호 제 25100-2009-000046호
신고일자 2009년 6월 9일
주소 (04168) 서울시 마포구 새창로 11 12층 47호 (도화동, 공덕빌딩)
전화 031-713-0580
팩스 031-713-0587
이메일 bluemoonpark@nate.com
홈페이지 www.bluemoonpark.co.kr

ISBN 979-11-993102-0-9 03810

* 책값은 뒤표지에 있습니다.
* 이 책은 저작권법에 따라 보호받는 저작물이므로 무단전재와 무단복제를 금하며,
* 이 책 내용의 전부 또는 일부를 이용하려면 반드시 저작권자와 블루문파크의 서면 동의를 얻어야 합니다.
* 잘못 만들어진 책은 구입하신 서점에서 교환해 드립니다.